語り文化を世界へ

声で伝える日本文学の旅

KATARI

平野啓子
Keiko Hirano

子母澤類
Rui Shimozawa

はじめに

100年先の未来に「語り」を伝えるために

平野啓子

日本文学が日本語のまま、声で海外に伝わるか？

答えは、YESです。

言葉に魂を吹き込んで、相手の心にその響きを届け、意味と感性の両方を伝える「語り」の世界。「語り」が国境を越えて、海外の人々の心に届く瞬間を、私は自分の海外公演で目の当たりにしてきました。

大事なことを暗記して伝える「語り」は古代からある文化です。その中で先人から脈々と受け継がれてきた日本のこころ。私も、珠玉の名作文学や名エピソードを通して、日本語の美しさや、日本人の精神を伝えてきました。

言葉はその国の原点です。優れた日本文学などの「語り」は、日本語と日本文化を大事に守り、私たちの心を豊かにする重要な役割を果たすと確信しております。

今後さらに、国内外の多くの人に「語り」の意義や魅力を伝えるために、これまでの国内の上演、また、平成26年度文化庁文化交流使として海外で上演をしたときに開発した新たな伝え方や、外国の方の反応をまとめてみました。

たまたま私の語りを何回かお聴きくださっていた作家の子母澤類《しもざわるい》さんと意気投合し、この度「語り」についての本を共著として出版する運びとなりました。

この本は、100年、200年先まで、「語り」を未来につなげるためのものです。

語りにかける情熱と魂

子母澤　類

平野啓子さんは、語りの分野において第一級のスペシャリストです。その声は聴く者の耳をとらえて、たちどころに深い罠へと引きずり込む魔を隠し持っているのです。聴衆は夢とうつつの境界をさまよい、もはや聴いていていながら観ている、という妖しの世界に遊ばされることになるのです。

平野さんはＮＨＫのキャスターをはじめ、司会や朗読、そして語りと、声を届けるという仕事ひとすじに、幅広い活動をされています。

私が最初にお目にかかったのは、海外旅行ツアーで、たまたまご一緒したというご縁でした。

その時から十数年の時を経て、今度は本でご一緒するという好機に恵まれました。再会した平野さんとは、同世代ということもあり、女子会のノリで時を忘れておしゃべりしました。目の前だけではなく電話でも、その美声は心をわしづかみにするのです。まるで耳から媚薬《びやく》を流し入れられるようで、いつも心地よく酩酊《めいてい》してしまうのでした。

そんなおしゃべりの中で、語りへの強い情熱を、私はどれほど感じたことでしょう。平野啓子さんという美しい容姿の中身は、実は火を噴くような「語り魂」で出来ているのです。

語りにかける思いが深まって、持ち前の旺盛な行動力が活路を開き海外へと羽を広げました。その愛すべき「語り魂」が、ドイツやトルコでの輪誦という手法に結晶したのです。

もくじ

第二章　「語り」が織りなす不思議な縁

第三章　文化交流使 ドイツからトルコへの旅

第四章　輪誦語りで言葉の壁を越える

あとがき

第一章

「語り」が総合芸術になる

語りの道を歩んで

平野啓子

「これが、私のやりたいことだわ!」

子どものころから、文字を見ると声に出して読む癖《くせ》がありました。テーブルの上に父が置いた新聞の見出し、広告のチラシ、母の買ってきた雑誌、段ボールの箱の印刷など、目に入る文字は何でもです。印刷の文字の書体や大きさに合わせて、声にするのが好きでした。

家族いっしょにテレビを見ているときに、私が靴屋さんのチラシを見つけ、「特価!1980円!」といきなり大きな声で読み上げ、「けーこ、何を急に大きな声で…」と叱られたこともあります。

電車の中でも、吊り広告を読み上げ、中学生になりますと、中間テストや期末テストの試験問題を読み上げていたようです。「おけいちゃん、答えも声に出していたよ」と前の座席の友達が教えてくれて知りました(ニックネームはおけいちゃんでした)。

学校の国語の授業では、教科書をみんなの前で読むのが大好きで、率先して手を挙げました。あまり練習していなくて漢字を読み間違え、クラスメートから笑われても、次の授業ではまた手を挙げていました。本当に好きだったんです。

ある時、父が出張先から、二つ折りの漆《うるし》塗りの飾り板を買ってきてくれました。広げると、宮沢賢治の詩「雨ニモマケズ」が金文字で内側の面に左右いっぱいに書かれていました。とてもきれいなので、私は、飾り棚に立てかけて、いつも見えるようにしていました。見る度に、金の文字にうっとりしながら声を出して読みました。ある日、この詩を覚えようと、一生懸命に暗記したのです。何も見ないで言えることがとても楽しかったのを今でも覚えています。振り返れば、これが最初の名作暗誦だったと思います。

そのうち小説を朗読するようになり、セリフや風景描写を工夫して読みたいと思うようになったのです。誰かにきちんと教わりたいと、図書館から朗読テープを借りて聴いているうちに、文芸作品を暗記してドラマチックに伝える「語り」に出会いました。

かつてラジオドラマ「君の名は」の語り手をされた鎌田弥恵《かまたみつえ》師匠の語りの会を聴きに行ったのです。珠玉の名作文学を、客席にお顔を向けられたまま、私たちに語りかけられる舞台でした。演者の鎌田師匠の手元には本がありません。

客席の私は、演者の姿を見、演者と向かい合っているのに、いつしかその姿は消え、作品の世界が心に広がります。それは、今まで経験したことのない、ダイナミックで、立体的な素晴らしい「語りの世界」でした。「これだ！これが、私のやりたいことだわ！」と思い、終演後すぐ鎌田先生に弟子入りを申し込んだのでした。

イメージの中で咲く「心の絵画」

「そこに、いちりんの花が咲いていました」と私が語れば、聴き手の想像力でイメージを膨らませて、心の中にお花が描かれます。思い出の花、庭の花、奥様が玄関に活けた花、旅先で見た花、空想の花…。種類も、薔薇《ばら》だったり、百合だったり、ひまわりだったり…。色も様々で、そこに500人のお客様がいらっしゃれば、500通りの花の姿が、イメージの中で咲き誇る、「語りは心の絵画」なのです。

物語を語ると、ストーリーは全員同じように聴きますが、登場人物の顔、髪型、衣装、風景などは、聴く人がそれぞれ心の中で完成させます。作中に描かれている心情も、聴き手によって様々に想像されます。

私は、真っ白い画用紙に物語の輪郭を描いて渡すだけ。そこに色を付けたり、動画にしたりするのは、聴き手の皆さんです。

私の声の響きによっても、イメージする風景や心情が変わります。

だから、私は、自分の届けたいイメージを、お客様が心に描いていただけるように、表現をいろいろと工夫し、声の表情豊かに届けるのです。

こんな風に描いてもらいたい、感じてもらいたい、と思うとおりに、何も考えずに語っていけるようになるまでに、大変な時間がかかります。けれども、そうして丁寧に時間をかけて、自分の心に響いた素敵な物語を聴く人の心の中にも響かせてもらい、イメージの中で一緒に感動的な世界を作り上げられる「語り」の世界に、私は魅了され続けているのです。

総合芸術としての「語り」

舞台の上に毛氈《もうせん》を敷いた山台に座布団、そこに和服で正座して物語を声で紡ぎ出す。動きは、場面に合わせて自然と付く所作を少し入れるだけで、声で世界を作り上げるのです。とても奥深く、鎌田師匠の前座で、どれほど鍛えていただいたかしれません。

一人で舞台に出させていただけるようになってから、様々な主催者が開催する色々な空間で語りを上演するようになりました。劇場の何百人のお客様の前で行うこともあれば、ホテルの小さな会議室で5人くらいの集まりのお席で語ることもあります。ホリゾントの照明が使えない時には、そのままの明かりで行ったり、会場の制約で、ピアノ椅子に座ったり、立ったままの上演だったりと、舞台のしつらえも様々です。

独演会は毎年開いておりました。都内のホールで、3、4演目を一人で語ります。そのいくつかの演目に、音響や照明、季節の風物などを生かし、様々なスタイルの演出を少しずつ取り入れていきました。

平成9年（1997）、文化庁芸術祭に独演会で参加した際、音響照明を駆使して、総合芸術として出すことにしました。チームに演出家の方も入っていただいて、アイデアを出し合ったり、アドバイスを頂きます。

演目は、川口松太郎作「鶴八鶴次郎」。明治の末葉に、新内《しんない》の芸に命を懸ける若い男女の悲恋物語です。芸を高め合いながら、一方で惹かれ合う2人。しょっちゅう喧嘩をしているけれども、すぐに仲直りします。ところがある時どうしても譲れない出来事が起こってしまい、とうとう、本当の別れが来てしまうのです。相手の女性の将来の幸せを思って、男が自ら一芝居打ち、決定的な別れに持ち込みます。ラストシーンでは酒に酩《めい》酊《てい》した男がとつとつと彼女への想いを語る、なんとも胸に迫る物語です。かつて、お芝居や映画で大ヒットもしました。

これを上演するにあたり、新内の生演奏を入れ、舞台には床几《しょうぎ》、大道具で樹木のセットを用意することになりました。そこに、照明の魔術が入ります。1時間半の上演時間中、ほとんどが床几に腰を掛けたままの語りですが、シーンによっては立ち上がって移動し、位置を変えて語りました。そこに立芝居も加えてみました。

しかし、本番に向けて練習するうちに、私の心にある不安がこみ上げてきました。実は、新内の浄瑠璃《じょうるり》をしていただく方は、鶴賀伊勢太夫《つるがいせたゆう》師（当時）で、大変素晴らしい上演をされる方です。現在は、新内節浄瑠璃重要無形文化財保持者、いわゆる人間国宝になられています。その方と、完全に融合した本当のコラボレーションにしたかったので、私の語りと交互でやるだけではなく、一緒に演奏する場面を多くし、時に両方がぶつかり合ったり、譲り合ったりしながら、文学の「語り」と新内とでハーモニーを奏でるようにしようと、私が強く希望して出演依頼をしたのでした。

しかし、もしかすると、その魅力的な演奏に皆が聞き入って、語りの会のようにはならなくなってしまうのではないかという不安が、日に日に増してきたのです。とうとう、本番直前のリハーサルで、私はその不安を打ち明けました。演出家の壌晴彦《じょうはるひこ》氏からは「怖がる必要はない。新しいスタイルの語りを作るんじゃなかったのか？ そんなに自信がないの？」と言われましたが、私の気持ちは暗いままです。

このままでは、リハーサルを続けられないと唇をかみしめて下を向いていると、伊勢太夫師が、私のそばにいらして、小さな声でおっしゃいました。

「平野ちゃん、大丈夫だよ。僕をうまいとほめてくれるのは嬉しいけど、僕はあなたの舞台で、目立とうと頑張っちゃったりしないから。あなたが語っているときは、僕はピアニッシモにするからね。僕だからピアニッシモにできるんだよ。下手な人じゃできないんだよ。だから、安心して。」

見えない何かに怯《おび》えていた私の心が、ぱっとほぐれたようでした。

こうして迎えた本番は、客席も満席で、最後に幕を切るときには、大きな拍手の中で「啓子！」とお客様の掛け声までありました。

この舞台「平野啓子の語りの世界」（公益財団法人府中文化振興財団主催、演出　壌晴彦、新内鶴賀伊勢太夫賛助出演）で、幸いにも、平成9年度文化庁芸術祭の大きな賞をいただきました。

支えてくれたチームや劇場スタッフのおかげで総合芸術としての「語り」を認めていただけたのです。

以来、屋外公演も積極的に取り組みました。

屋外では、天候などの変化でどんなことが起こるかわかりません。どしゃぶりの雨になってしまったときに、それでも傘をさして並んでくださっているお客様のために、急遽《きゅうきょ》全員に合羽《かっぱ》を配り、舞台上に仮設のテントを張って公演を決行したこともありました。ある雨天の日の公演では、薪《たきぎ》語りをしたいと舞台の前方に用意して焚いていた薪に雨が落ち、すさまじい音をたてて煙が出たりしましたが、演目が「羅生門《らしょうもん》」（芥川龍之介作）だったので、かえってぴったりでした。ある都市公園での舞台では、作品の中の空にカラスが舞うシーンで、本物のカラスがカーカー鳴いて飛んできてくれたので、心の中で、思わず「カラスよ、ありがとう！」とつぶやいたこともあります。桜の満開の下で上演した時には、恋敵の女2人の緊張する場面で、急に強風が吹き、桜吹雪と砂埃《すなぼこり》が、私の背後で縦に渦巻いて盛り上げてくれるなど、屋外ならではの自然界が作る偶然の演出もありました。これをホールでやろうと思ったら、どんなに費用が掛かるでしょう。

もっとも、そんな風に、場面にぴったりくるのは稀《まれ》で、全く関係ない音や物が入ってきてしまうこともありますが、それをうまくやり過ごすことなども含めて、表現として上演するのです。声の音《ね》が、自然界の音と響きあい、融合して、さらなる奥深い響きとなって空気を包み、お客様の心にも響いていくのです。このように積み重ねているうちに屋外での語りも確立していきました。

こうして、屋内でも屋外でもその空間にもともとあるものを生かし、そこならではの最高の舞台を作り上げる、総合芸術の「語り」、空間エンターテインメントとしての「語り」を創造していきました。いまは神社仏閣でも上演しております。

命の作品「しだれ桜」とめぐり会う

平野啓子

私の語りを支えてくれた瀬戸内作品

恋愛した時の、切ない女ごころ、身も心もあなたのもの、私だけを見て。私だけを愛して。なのにどうして他の女性に目移りするの？　愛すれば愛するほどに独占欲が強くなる。そんな女ごころを熟知されている瀬戸内寂聴先生。

京都の寂庵に伺《うかが》うと、「最近、いいことあったでしょ？」とか「あなた、一人でやっていると大変ね」とひと目で見抜かれてしまいます。私が今、どんな状況にいるのか、わかってしまわれるようです。それは男女のことに限らず、です。

源氏物語を先生が現代語訳されている時に、お話をいただく機会を頂戴《ちょうだい》したことがあります。

先生が、

「ねえ、不思議だと思わない？　女性は、自分が本当に好きだと思う男性がいたら、その人のために何でもしてあげたい、って思うわよね。でも、その男性が、自分以外の女性に会いたい、と言ったら、どう？ 喜んで、その女性に会わせてあげられる？ むしろ反対でしょ」

私は「絶対にできません」と答えました。その私を意味ありげな目でご覧になったのです。

若菜の帖には、紫の上が、女三宮のところへ向かう源氏のお召し物に香を焚きしめ、おしゃれに整えて送り出す場面があります。源氏が紫の上をおもんばかって、ぐずぐず出かけないでいると、「私が変に思われてしまいますから」と促しもします。女三宮とのお輿《こし》入れの準備を主導もするのです。それでいながら紫の上は、源氏と共寝する日が以前より少なくなっていくことに、苦しむのです。

私は、先生がおっしゃった言葉を思い出しました。好きな男性を、あなたは喜んでほかの女性に会わせられますか。

私にはやはり、絶対にできない！ もし、ほかの女のところに出かけるとわかったら、穴の開いた靴下と、ゴムの伸びきった、洗っていない下着を着せてやる！

男女のかなわぬ恋心が、滝のようなしだれ桜の巨木と重なり合う、大人の恋の物語「しだれ桜」は、その美しい情景と、女性の心のひだが、きめ細かく描かれていて、多くの人を魅了します。この作品は、私の語り人生に思わぬ広がりをもたらしてくれました。初の独演会で「しだれ桜」をメインの演目にしたところ、大変に好評で、意外にも主婦の方々からのリクエストが多く、度重なる再演につながりました。（独）日本芸術文化振興会（国立劇場）企画公演「女が語る～」（太田博プロデュース）シリーズ（10年連続開催）をはじめ、東京・六義園《りくぎえん》での10年連続屋外公演（東京都公園協会主催）、新国立劇場、東京芸術劇場、地域振興を目的とした寺社での「桜の語り会」（美しい多摩川フォーラム主催）など全国の様々な会場で上演しています。全文朗読のＣＤになり、その「語り」がテレビ番組になり、ビデオ化もされ、また「しだれ桜」を原作とした歌謡曲（遠藤実作曲生活50周年記念曲）ができて私が歌わせていただき、カラオケになったりもしました。

東日本大震災後は、被災地にて復興応援として上演し、三春の滝桜をはじめとした東北6県を廻りました（東北夢の桜街道推進協議会主催）。東北は桜の時期には、白銀に輝く雪をいただいた山々を背景に、凛とたたずむ桜が清らかな花弁を広げます。しだれ桜の歴史ある名木も多く、瀬戸内寂聴先生の地縁もあって、上演時には東京も含めた県外からお客様が集まり、復興応援の公演として各地で大変喜んでいただきました。私にとって「命の作品」です。

「しだれ桜」の主人公の女は、男に誘われて京都の嵯峨野に行き、結ばれます。夜になって、男と共に天からなだれ落ちるような見事なしだれ桜を見上げます。

時がたつと、その恋人と疎遠になる期間もありますが、男はまた戻ってきます。

後半は、男が亡くなり、最初に結ばれた京都の宿で、偶然、彼の奥さんに出会います。そして彼と一緒に見上げた桜を、奥さんと見に行くことになってしまうのです。その時の女と奥さんとの会話が結構すごい！「旦那はその桜をいろいろな女の人と見に行った」とか、「子供が4人もいる」とか、しかも「末の子供は、自分と付き合っている間に生まれている」ということがわかるなど、愛人にとって聞きたくないことを奥さんから聞いてしまいます。奥さんは、「その桜を一度も見に連れて行ってもらったことはない」とも話しました。そして2人は、一緒に桜を見上げます。いつしか奥さんの頬に涙が伝い、それを見て女はそっとその場を離れていくのです。

奥さんの涙はいったい何なのでしょう。

これがまた、聴く人によって違います。奥さんが、一緒に歩いている女が夫の愛人だったと気づいている場合といない場合とに分けて、次のパターンに分かれます。

①気づいていない場合

夫が好きだった桜を見上げ、夫を思い出して流れた涙。さらに、夫の浮気癖《ぐせ》を思い出しての悔し涙。

②気づいている場合

当の浮気相手と一緒に桜を見上げることになってしまった運命の皮肉に涙した。

③気づいても気づいてなくてもどちらの場合も

素晴らしい桜を見る感動を、自分とは分かちあってくれなかった。夫と見上げた女はどんなに素敵な時間を夫と過ごしただろう。夫のそばでさぞかし幸せそうにしていた女の様子を想像すると憎らしく、２人で、一つのものを見て一緒に感動して目を見かわしたり言葉を交わしたりしたであろう至福の時が妬《ねた》ましい。そして、最も辛く悔しいのは、自分には、今後同じ思い出を作るチャンスが無い、という絶望の涙。

奥さんの涙の理由を、③と答えるのは大体女性です。男性は、一般には、女性の心がそこまで傷ついていることに考えが及ばないし、そのことを知った場合でも、単に執念深い女と片付けてしまうことが多いのではないでしょうか。

恋愛小説の内容によっては、ときとして、男性が恋で女性を苦しめる展開に、聴くのがつらくなる男性客がいます。心当たりがあって、断罪されているようで、逃げ出したくなる殿方もいらっしゃるとか。しかし、「しだれ桜」は大丈夫。主人公の女性が奥さんと出会うのは、男性が亡くなった後の話ですから。


小説の舞台を訪ねて京都に行きました。舞台は、嵯峨野。

主人公の男女は、広沢の池に沿って歩きます。そうして桜つくりの佐野藤右衛門さんの屋敷にたどり着くと、その庭に、かがり火に照らされた滝のようなしだれ桜の巨木があり、2人で見上げるのですが、その肝心の桜が見当たりません。あれれ。実在しないのか。

佐野さんは代々造園業を営んでおり、当代が16代目です。

桜を育てているお庭には、しだれ桜のほかにも、様々な種類の桜が植えられて、一般開放されています。

私が訪れたのは、春、桜の咲いているときでした。

お庭の一角で、桜茶がふるまわれていました。お茶を入れている女性に尋ねてみます。

「瀬戸内寂聴先生のしだれ桜のモデルになった樹はどちらですか？」

その女性がご存じなかったので、私は小説「しだれ桜」の話をし、桜の描写の一節を口ずさみました。すると「ああ、あの桜のことかしら」と、何かを思い出すような遠い目線をし、次のような話をしてくれたのです。

「以前、入り口付近に大きなしだれ桜があったのです。でも、先代が亡くなった時に、同時に枯れてしまったのですよ。今でも、あれは不思議なことだった、と当代と話しているんですよ」

その女性は、当代佐野藤右衛門さんの奥様でした。

詳しくお話を聞くとこうです。

そのしだれ桜は、有名な円山公園のしだれ桜の子にあたります。

当代（第16代）が誕生した時に、先代がお祝いに、円山公園のしだれ桜の種子を、自宅のお庭に撒《ま》いたところ、その中の４本が育ちました。そのうち、親の木が枯れてしまったので、１本を移し替えたのです。それが現在の円山公園のしだれ桜です。他の２本は公園の敷地に移し、１本だけをお庭に残しました。こうして離れ離れになった桜はそれぞれ巨木になりました。ところが、先代が亡くなった時に、お庭の方の桜が、まるで後を追うように、一日で枯れてしまったのだそうです。

桜が、父親の命を感じ取っていたのか、自ら命を絶ったかのような桜に、当代の佐野さんは桜と人との不思議な縁を感じました。以来、当初は先々代、先代に比べてあまり熱心ではなかった桜に、力を入れるようになったのだそうです。これは、後に佐野さんご本人とお会いした時にうかがったことです。

小説「しだれ桜」の桜は実在していたのです。

そして、私にも、桜の不思議な力を体験したことがあります。

東京に六義園《りくぎえん》という国指定の特別名勝があります。江戸幕府第五代将軍徳川綱吉の側用人、柳沢吉保《やなぎさわよしやす》が、元禄８年（１６９５）に加賀藩前田家の下屋敷跡地４万８０００坪を幕府から拝領し、自身の下屋敷として造営した大名庭園です。

起伏のある美しい回遊式築山泉水庭園で、その中程の広場に、樹齢約70年のしだれ桜があります。高さ約15メートル、幅約20メートルの巨木で、形が良いことでも知られ、夜桜を見るには、入場券を買うために100メートルもの行列に並ばなければならないこともあるのです。

平成13年（2001）春、六義園の築堤300年を記念して、ライトアップが始まりました。そのころ、このしだれ桜は知る人ぞ知る存在でしかありませんでした。たまたま担当者が、私の「しだれ桜（瀬戸内寂聴作）」の語りをご存じでした。印象に残っていたらしく、記念イベントとしてライトアップされた満開のしだれ桜の下で是非「語り」をと、お声をかけてくださったのです。

語りは心の中で風景を描くものです。満開の桜が背景にドーンとあったら、語りの良さは出るのか、と私はちょっと心配になりましたが、こんなチャンスはめったにないとお引き受けしました。募集をしたら有料公演で500名の定員のところ、2000名以上応募があったのです。

ところが、公演の2カ月ほど前から、私自身に個人的な悩み事ができて、心に力がなくなっていました。しだれ桜公演はとてもやりたいのに、エネルギーが枯渇して、練習も手につきません。こんな状態ではステージに立てない。不安な気持ちが募る中、当日がきました。

仮設ステージの後方から、桜の周囲を回って、前方の仮設舞台まで歩いていきます。ちゃんとできないのではないか。言葉を思い出せずに中断するのではないか。なぜ大切な記念の日に、このような状態になってしまったのだろう。私は失敗におびえる気持ちになりました。

ステージへ上がる階段で、振り返り、桜を見上げました。すると、満開の桜のひとつひとつの花が、すべて私の方向に向いて、何か強いエネルギーを送り込んできたのです。その音もなく静かに、けれど、太い束となって。私の目から涙がスーッと流れました。その涙を指で拭《ぬぐ》うと、客席を向き、壇上の床几に座って、語り始めました。

最初の1行を語ります。2行、3行、と進み、いつしか何も考えずに、最後まで語り切りました。できたのです。拍手はしばらく続いていたと思います。

今、振り返ってみて、思います。樹木は、自分を大事に思ってくれる人がわかるのではないでしょうか。その人が困難に陥《おちい》っているときに、助けてあげようと、必死に何かしてくれているのではないでしょうか。だからあの時、私の心の状態を察したしだれ桜が、私を助けてくれたのではないでしょうか。

そして私は一層、この小説と、桜が好きになりました。

作品の舞台・広沢の池を訪ねる

小説の主人公の男女は、広沢の池付近の農家の離れに宿泊し、結ばれます。その夜、佐野さんのお庭の夜桜を見に行くのです。

8年後に男が病気で亡くなり、女が一人で思い出の地、京都の、かつて泊まった場所を探すと、2階建ての民宿になっています。すっかり変わった風情に女はがっかりしますが、アポなしで入っていき、泊まることにするのです。

この民宿も私は探したかったのですが、広沢の池の周りを歩いても見つかりません。ある日、タクシーで付近を走ってみたら、広沢の池から少し離れたところの一帯に、民宿が何軒も見つかりました。外の看板に、電話番号が書かれています。そうだ、泊まってみよう！と、東京に帰る予定をやめて、電話をかけました。

大丈夫ですよ。ということで、行ってみたら、入り口でこのように言われました。

「いきなりだと普通はダメなんですが、今日はちょうど1組キャンセルがありましたので」

私は思わず苦笑しました。ほとんど同じセリフが小説の中に登場し、主人公の女を迎えるのです。民宿は2階建てでした。私はいっそ、小説の中の応答のセリフ「離れがありましたでしょう?」と言おうかと思ったくらいです。

翌朝の食堂で、民宿のおかみさんに聞いてみました。数人が既に食事をしていました。朝の定食の他に、各テーブルには葉物の和え物や、春野菜の煮物がどんぶりに盛られて置いてあります。私の質問を聞いたおかみさんが、奥からおばあさんを連れてきました。100歳近い方で、大変に興味深いことを語って下さいました。

「以前、ここらへんはみんな農家でした。今は農業も庭程度にまだ営んでいます。そのどんぶりの料理は、うちの庭の畑で今朝採ってきたものです」

「大阪万博の時に、若者たちが、大沢の池（広沢の池より西にあります）の周りに寝袋で寝て、朝になると万博会場に行くということが連日続きました。黙認できなくなり、皆追い出されたのです。その彼らが、この辺の農家に来て、納戸でいいから泊めてくれと言いました」

「当時、農家にはどのうちにも離れがあり、そこに泊めてあげたところ、どなたも大変喜んで、宿泊代を払おうとしました。旅館じゃないからいらないと断ると、『では、食事代』と言って、勝手に1000円、1500円を置いていったのです。その経験から、このあたりの農家は、後に次々に民宿にしたのです」

瀬戸内先生が、この作品をお書きになったのは、得度前の49歳、万博のあった昭和45年(1970)の翌年です。

小説にあてはめると、最初に2人が結ばれたのは農家の離れで、8年後に再訪したシーンでは民宿、というのは符合します。

民泊のはしりのようなものが、この小説のラブシーンに登場していたとは。

小説と一致する新しい事実を知ることができて、幸せな気持ちになった私は、帰り道で、アッと気づきました。小説の舞台を訪ねることに必死で、一つ忘れていました。私は、この肌寒い春先の、のどかな嵯峨野の夜を一人で過ごしてしまったのでした。なんてことでしょう。

「竹取物語」で伝える古典の世界

平野啓子

浜離宮で三島作品「橋づくし」を上演

浜離宮での語り公演は、私にとって一つのエポック・メイキングです。広大な園内に仮設舞台が作られました。客席は800席ほどあったでしょうか。この会に、嬉しいことに子母澤さんがいらしてくださいました。特に興味を持たれたのが「橋づくし」だったということは、今回、本作りでご一緒して知ったことです。

私は公演する際に、地元ゆかりの作品も、できればプログラムに入れるようにしています。土地に伝わる民話や、地元出身の作家の作品、あるいは地元を舞台にした小説などです。

この公演の主催者（東京都公園協会）は、月がきれいな秋にちなんで「竹取物語」の語りをぜひ、というご意向でした。公演時間を見たらもう一作品が入るので、選んだのが、三島由紀夫の「橋づくし」でした。この小説に出会ったのは、まだ語りや朗読を勉強している時で、いつかはやりたいと思っていた小説です。

この作品には、浜離宮の近辺にある橋が登場します。きれいな新橋の芸者さんたちが歩く艶っぽい姿がイメージをかきたてますし、最後のどんでん返しには軽快な後味があります。何よりも地域にちなんだ内容です。

私は、三島作品の中では「黒蜥蜴《くろとかげ》」が好きです。秘密めいたシーンの連続が、私にはたまらなく面白いのですが、浜離宮とは関わりがなく、サイドディッシュになるような作品でもありません。

気軽に聴いていただくには、「橋づくし」がぴったりでした。

この公演が自分にとってのエポック・メイキングになったというのは、出演のみならず、企画にも私が携わったからです。

独立採算の方式をとったため、予算を頭に入れながら、舞台にかける経費を調整することになりました。

客席数と入場料の設定には、頭を悩ませました。客席を増やせば収入も増える。おのずと、舞台にかける経費も増えます。そのためには集客が必要です。広告やチラシ配布、

DMの費用に、経費がかさみます。あれこれ考えても一つのスパイラルの中で堂々巡りするだけになってしまうのです。

舞台では、音曲が入ったほうが風情が出ます。「竹取物語」は、いつもご一緒している笛方の望月《もちづき》美《み》沙《さ》輔《ほ》さんと鳴物の鼓《つづみ》の奏者を、「橋づくし」には三味線の奏者をお願いしました。どなたも心意気で引き受けてくださって、おまけにお客様まで連れて来てくださったのです。

一方、バス会社がスポンサーとして協賛してくださったことで、公演鑑賞を入れ込んだバスツアーを、私が組むことになりました。

「橋づくし」に登場する橋や建物を巡って、最後に浜離宮で公演鑑賞するというコースにしました。乗降場所は、八王子、立川、府中、新宿、浜離宮。ガイド一人、添乗員一人。40人乗りの新型バス1台。料金2500円／1人。なんとか、催行にこぎつけてほっとしました。

さて、客席もほぼ満席、いよいよ上演です。心配なのは天候でした。引き受けた当初は、夜空に大きな月が出ているイメージでした。ポスターも月夜の風情です。さぞかし心に残る屋外公演になるだろう、と考えていたのに、あいにくどんよりと重い空になりました。上演中、空を仰いでも雲間すら見えない。そうであれば、「語り」であるから、お客様の心に月を浮かばせよう！と、私はより声の響きに気を配りました。

公演が終了して、客席に一礼し、脇のテントに戻った途端、大粒の雨が降り始めました。公演の終わりを待ってくれていたような、どしゃ降りの雨です。お客様の足もとが汚れないだろうか、駅まで少し距離があるが、傘はお持ちだろうか。ツアーバスは門の外だが間に合うか……など気が気ではありませんでした。

後で聞いたところ、お客様はほとんど門を出ていたので、足元が泥で汚れるということはなかったそうです。バスのお客様は急いで乗り込んだところで激しく降り出した、とのことでした。帰りの道中、今日は、バスの企画で来て良かったと、何度も言い合ったというお話に胸を撫《な》で下ろしました。

このイベントの経験から、プロデューサーという仕事をする人たちの苦労が肌で感じられたのです。協力してくれる仲間の気持ちにも感謝しました。何よりも、仕事をいただくために、常日頃から誰もが努力していること、出演者であっても裏方もやり、汗を流して、その上ですばらしい場所に立たせていただける、ということを知りました。

それまでの私は、その感覚が希薄でした。いつも誰かがお膳立てしてくれて、私はただ乗っかっていただけです。この仕事を通して、企画の段階から、クライアントさんの想いに寄り添い、惜しみなく働くという意識が芽生えました。

海外公演の時も、そういう意識が、受け入れ先の方々や、スタッフのモチベーションをぐんと引き上げます。すると自然にお客様の感動が何倍も大きくなっているのです。

「竹取物語」のラストに富士山

宇宙飛行士の毛利衛氏が、講演の中でこうおっしゃいました。

「宇宙で見る月は儚《はかな》かった。オーロラは、かぐや姫のまとう羽衣のようだった。もし、月に帰ったかぐや姫が、月から地球を眺めて日本を探すとしたら、富士山を目印にするだろう！」

平成14年（2002）、月をテーマに企画された公演会場（東京・紀尾井ホール）でのことです。

たしか5人の出演者が30分ずつ講演するイベントでした。プログラムの順番では、私の語り公演「新・竹取物語抄」（平野啓子脚本）の次が毛利衛氏の講演でした。毛利氏は、私の語りをお聴きくださったのです。

竹取物語は、作者未詳で、何度か書き換えられている可能性があるといいます。かぐや姫は、「私の欲しいものをお持ちくださった方が、ほかの誰よりも私を愛してくださっていると思う」と言って、あれ持ってこい、これ持ってこい、とそれぞれの公達に命じます。（私も言ってみたい！）けれども、この世に無い品物ばかりなので、5人は大冒険の末に全員大失敗。大けがをしたり、命を落としてしまった公達もいます。この部分は、誰が書いたのでしょう？当時の宮中の女たちの、日頃の男たちに向けての、ささやかな逆襲でしょうか？これは単なる私の推測ですが。

ある時、語りの題材として、竹取物語をやってみよう、と考えました。

語りの題材にする場合は、時間を計るために、全文を声に出します。文章をただ声に出して読むだけの素読みです。それでも時代を超えてきた古文を声に出せることで、わくわくしました。

素《す》読みで1時間7分。その時間が物語の最後のページに鉛筆で記したのが、今も残っています。

ずっと読み続けて、最後の数行になった時に、歓声を上げてしまいました。その数行の中に、富士山が登場したのです。

私の生まれは、静岡県の沼津です。日本人の多くの方々に違わず、私の心にも私だけの富士山があります。大好きな富士山が、日本最古の物語の最後に書かれているなんて。しかも、富士山の名前の由来として書かれていたのです。

物語の終盤はこうです。

かぐや姫が月に帰ったあとで、翁嫗《おうおう》は病気になり、また、姫にずっと想いを寄せていた帝は、姫からもらった不老不死の薬と手紙を、天に一番近い山で焼こうと思います。

帝がお聞きになるのです。

「いづれの山か天に近き」どの山が天に一番近いのか。ある人が答えます。

「駿河《するが》の國にあるなる山なん」駿河の国にある山です。

そこで、帝は次の歌を詠み、手紙と薬を、その山の頂で火をつけて燃やすよう命じ、多くの兵士が連れ立って持って行き、燃やしました。

「あふことも涙にうかぶわが身にはしなぬくすりも何にかはせむ」

　姫がいなくなり会うこともできなくなった今、

　不老不死の薬をもらい命永らえたところで、なんになるだろう。（意訳）

さあ、このあと富士山が登場します。ご覧あれ！

「その山をふしの山とは名づけゝる。その煙いまだ雲の中へたち昇るとぞいひ傳へたる」

その山を、ふしのやま、と名付けました。その煙が、今でも雲の上まで昇って行っていると言い伝えられているのです。

これで、物語は、ＥＮＤです。

これが、竹取物語のラストシーンで、最後の文章に富士山が出てくるのです。しかし、かぐや姫が月に帰ったところで終わりにしている児童書や脚本が多く、意外とこのラストシーンは知られていません。

富士山は、古代から噴火を繰り返し、頂上には煙や炎が上がっていたといいます。その様子が万葉集の中にも詠まれています。平安時代には幾度も噴火したそうですよ。

古代人が実際に見ていた頂上の炎を、竹取物語では、「かぐや姫の手紙を焼いた煙だという言い伝え」としているのです。

その公演には、格別の力が入りました。古文と現代語訳を織り交ぜながら、30分の脚本を作り、竹取物語を冒頭から最後まで語り切りました。翌年には、「竹取物語を1時間半の単独公演で上演しませんか」と同ホールの支配人からご依頼を頂きました。

その後、子母澤さんがいらしてくださった浜離宮での語りの夕べや、国立劇場、新国立劇場、今在住の、府中の森芸術劇場、故郷静岡県のグランシップほか静岡県内各所、など、さまざまな場所で語ってきました。落成式の司会をさせていただいた能登半島の宇宙博物館のコスモアイル羽咋でもいずれ語ってみたいと思っています。

アジアの魂を感じた中国公演

竹取物語と大変よく似た話が、中国のチベット寄りの地域にあると、以前、中国で「竹取物語」の語り公演（川村耕太郎プロデュース）をしたときに聞いていました。ちなみに、日本の羽衣伝説では、8人の天女が地上に降りてきますが、中国では7人の仙女だそうです。このことを教えてくれた方は、当時、中国対外文化交流協会常務副会長で、特に文学や演劇を中心とした日本文化に大変造詣の深い劉徳有氏です。

中国公演は、中国の公的な団体が主催し、狂言師で人間国宝の野村万作師の演目と組み合わせて開催してくださいました。

会場の皆さんに配布するプログラムに、中国語で3行のあらすじを書いていただいて、後は日本で行う上演と同様に日本語で上演。私の背後で共演者の尺八の演奏。衣装の時間軸は平安時代に合わせました。上演時間は30分。

実は、一番悩んだのは衣装でした。なぜなら、竹取物語が物語文学として成立したのは、いつなのかはっきりとしていません。少なくとも平安時代以前からあります。奈良時代の衣装は、まだ唐の影響を受けていました。「奈良の雰囲気にした方が、中国の方は親しみを感じて喜んでくださるのではないか」「いや、平安時代の十二単のような雰囲気を期待しているだろうか」そんな考えがさまざまに頭を巡りました。そこで、公演の1カ月前に、会場の下見を兼ねて打ち合わせに行ったのです。

その時に、私が衣装を平安時代に合わせることを決心させた出来事がありました。打ち合わせにいらした劉徳有氏と雑談になった時に、劉氏が「富士山」という題の俳句を中国語でお作りであることが分かりました。その場で、白紙に見事な漢字で17文字をお書きになり、読みあげてくださったのです。私は、それを覚えたいと思い、おうかがいしたら、読み方をその場で教えてくださいました。発音が難しく、劉氏は何度もお手本を聴かせてくださいました。繰り返すうちに、劉氏がとても母国語に誇りを持っていらっしゃるように見えたのです。

私も日本語に誇りを持っています。海外でこそ、最も美しい日本語の響きを奏でたい。そうだ、私は、竹取物語を中国語でやるのではない。日本語で伝えるのです。原文には、ひらがなも混じっています。ひらがなは、平安時代に誕生した文字です。桜に目が向き始めて宮中で花見の盛大な宴が開かれたのも平安時代の初期。京都御所のお庭の梅が枯れてしまった時に、梅ではなく桜に植え替えられたのも平安時代。それまで中国から流れてきた文化を取り入れていた日本は、平安時代になって、大きく独自の文化を生み出していきました。ならば、と私は決心しました。誇りを持って、ザ・日本でいこう！平安時代に登場した日本独自の衣装、袿《うちき》を着よう！、と。

1カ月後、私は、予定通り、平安時代に衣装を合わせました。羽衣に見立てて頭上にかつぐ薄衣《うすぎぬ》も袿にしました。頭のてっぺんから足の先までザ・日本です。

リハーサルの時に、中国人スタッフが、衣装がとても素敵だと目を輝かせてくれました。本番でステージに出て行ったとき、ワーッと小さな歓声が起こりざわめいたのです。お客様が、大変熱心に聴き入ってくれている様子が分かりました。

羽衣伝説を最初に少し語ってから、竹取物語の本編に移り、語り終えた後、ごあいさつしました。その時、私が「本日は、日本が独自の文化を大きく花開かせた平安時代の衣装にしました」と言ったら大きな拍手が起こりました。

そのあとで、さっそく覚えた「富士山」の俳句を中国語で披露させていただきました。

「フーシーシャン！」

終演後、北京大学の学生が舞台のそでに集まってきて、「今日は、日本語で竹取物語の原文を聴くことができとても嬉しく思いました」と口々に言うのです。聞くと、単語を訳すときに声に出して音声化することはあっても、古文そのものの音声表現は習うことも聞くこともなかったそうです。学生たちは、「語りが終わったばかりのお疲れのところを、申し訳ありませんでした」と、とてもきれいな日本語で挨拶《あいさつ》して去っていきました。後から、聞いた話ですが、かぐや姫が昇天するシーンで、中国の女性が涙をこぼしていたのだそうです。

中国公演は、実は、日本語解禁直後の韓国で日本語のまま「語りの会」を開催した翌年に行いました。韓国では「愛～サラン～ｌｏｖｅ」と題した公演（坂元勇仁プロデュース）で、私はテーマに合った絵本の読み聞かせや平家物語の朗読、平岩弓枝作品の江戸を舞台にした若い男女の物語の「語り」を上演したのです。１００人のお客様のほぼ全員からアンケートが返り、持ち帰って訳してもらいましたら、「愛が伝わった」とか「語りと朗読の違いが分かった」という手書きコメントがたくさんあったのです。その話をお聞きになったプロデューサーが、中国公演を企画してくださったのでした。

私は、この時、ふと、アジアだから話に込められた魂が伝わったのだろうか。他の国々でも同じように感じてもらえるのだろうかと思いました。今度はぜひ、ヨーロッパやアメリカでやってみたい、と夢が膨らんだのは、この中国公演の時でした。

平野啓子さんの語りを聞く

子母澤類

語り「しだれ桜」

平野啓子さんの語りの代表作のひとつである瀬戸内寂聴作「しだれ桜」は、原宿のこぢんまりとした会場でお聴きしました。

平野さんは濃紺の格調高い着物姿で、後ろの入り口から観客の間をしずしずと、あでやかに登場しました。

着物美人の姿に聴衆はすでに心をつかみ取られて、これから始まる物語へと巧みに誘惑されていました。焦らすような間があって、つと語りが始まりました。

「しだれ桜」はCD化されているので、舞台で実際に拝見するまでに4、5回は聴いて、耳になじんでいました。

ですから物語の出だしを、私も嬉しくなって、心の中で平野さんと一緒に口ずさんでいました。

《そのしだれ桜を見たら、無性にきみに逢いたくなった》

ＣＤの声と語りの口調は、ご本人ですから同じはずなのですが、同じようでも、生の声はずっと深みがあり、デリケートでした。ひと声で、聴く者の耳を引き寄せる力がありました。

《そのしだれ桜を見たら、無性にきみに逢いたくなった》

男からの電話の言葉で、物語の幕が上がります。

昌子は妻子あるカメラマンに誘われて、京都のしだれ桜を見に出かけます。嵯峨野の百姓家の離れで男に抱かれた後、桜守と言われる佐野藤右衛門さんの庭に咲く夜桜を、一緒に見に出かけます。

その日から、不倫の恋が始まるのです。

恋は8年間、妻に知られることなくひっそりと続きました。ですがある日、男の死を知った昌子は、かつて恋が始まった日にふたりで見上げたしだれ桜をもう一度見ようと訪れるのです。

あの日、男と過ごした百姓家の離れは、２階建ての民宿に変わっていました。時の流れを感じながらも、その宿で男の妻と出会ってしまいます。

いかにも瀬戸内作品らしい、不倫でありながらも至純の愛を捧げて苦悩する、女ごころが切々と描かれます。

妻という堂々たる存在を前にして、昌子は平静を装い言葉を交わすも、女として日陰の生き方を歩んできた日々と照らし合わせて、動揺します。そしてあろうことか、初めて結ばれた日に男と見上げた夜桜を、男の妻と並んで見ることになるのです。

物語は、昌子のモノローグで進みます。私は「しだれ桜」の話の成り行きや、平野さんのなめらかな語り口も、ＣＤで聴いていてよく知っています。知っているにもかかわらず、話の展開に心をふるわせていました。昌子と、男の妻との会話を、胸をざわめかせて聴き入りました。

主人公の昌子は30代、もう若い娘ではありません。

揺れ動く女ごころを、平野さんはしっとりと、情感豊かに語ります。

1人の男の肉体を共有した2人の女、妻と愛人のそれぞれの性格と立場の違いを、声だけで見事に描き分けて聴かせて下さいました。

民宿に建て変えられた離れで、声をかけてきた隣室の女が、自分の愛した男の妻だと気づく主人公と、何も知らないままで、亡くなった主人を「浮気症だった」と語る陽気な妻。この小説でもっとも緊張する場面です。

女たちの複雑な心のひだは、活字には書いてありません。ですが、2人の何気ない会話から、おのずと香りたってくるのです。

主人公になり代わった平野さんの語りが、物語の文章から匂いうつり、女たちの心の声と響き交わすようでした。

その息遣いの中に、女の深くせつない思いがひそんでいて、聴衆は昌子と同じ痛みを感じます。

男の妻という人が、どんなタイプの女性なのか、男の浮気に悩まされながらも、子供を育てることで幸せを得ている。その話し方を聴いていると、自然にそんなイメージの像が結ばれて、目に浮かぶようでした。

それが、円熟の語りとでも言うのでしょうか。

何度も何度も演じられ、演じては練られてきた「しだれ桜」は、平野さんの語りの真骨頂です。

物語の中のしだれ桜が、かがり火に照り映えながら咲き誇る様子が、幻のように見えてきます。

そこには、ふたりを悲しませた張本人である男の人物像は、何もありません。女の哀しみだけが、絢爛たる桜花の影にそっと埋もれているのです。

語り「冬薔薇《ふゆばら》」

「しだれ桜」の語りが終わると、15分の休憩が入りました。

この夜のもうひとつの演目は、同じく瀬戸内作品の「冬薔薇」でした。

この物語を聴くのは初めてでしたが、平野さんも初演となる演目だったそうです。

実はこの作品は、平野さんの語りの世界のひとつの挑戦だったのです。

間の休憩が終わると照明が落ちて、再び語り手、平野啓子さんが現れました。

「しだれ桜」の時の和服とは打って変わって、無数の銀色のビーズが燦然《さんぜん》と輝くドレス姿でした。着物の時に結い上げていた髪は、洋風に下ろしています。先ほどが純和風であったのに対して、今回は西洋のお人形のような華やかさです。ドレスにびっしりとついた銀色のビーズが照明にきらきらまたたきながら、舞台へと進んでいく後ろ姿に目を奪われました。

舞台の上にしつらえられた一段高いところに、横向きに、すっくと立った姿は、和服の時とは別人のようです。

「冬薔薇」の主人公は幽霊だから、うまくいくかしら、と平野さんは案じていましたが、その凜とした立ち姿は、幽霊というより銀の衣装の修道女のようでした。

修道女が教会に祈りを捧げるように、おごそかに「冬薔薇」が語られ始めました。

主人公は若い女性の魂です。事故で死んでしまったのですが、この世に未練を残して魂がさまよっています。

物語は、その女性の魂の告白なのです。

主人公は、ある男を好きになります。その男に自分のアパートで抱かれるのです。いよいよ濡れ場に入ります。若い女性の初めての男女の秘めごとが、品良く語られます。初々しい処女の恥じらいを含んだ官能シーンが、平野さんの甘くふくよかな声に描写されます。

その場面になると会場は、それこそ水を打ったように静まりかえり、咳《せき》ばらいさえ聞こえません。観客の誰もが身じろぎひとつせずに、息をするのも遠慮していると思えるほどです。聴衆が物語に溶け込んで、ひとつの宇宙に包まれたようでした。

会場には、濃密な空気がみちていました。

それは「しだれ桜」の時の、小さな咳ばらいとか、足を組み替えたりする体重移動で椅子がぎしぎし鳴るとか、そういう観客の発する音のいっさいが消え去っていたのです。男女が営む性の描写は、それほどに人を緊張させるのでしょうか。それとも逆に息することすら忘れるほどの陶酔で満たしてくれるのでしょうか。

この雰囲気は、以前に経験したことがある、と私は思いました。

そうです。フランス、リヨンのレストラン、ポール・ボキューズで、私の書いた一節を読んで下さった時と同じ感じでした。

たくさんのため息のかたまりのような濃い空気が、部屋のしじまを揺らして、さざなみのように匂いやかな一体感を、会場にもたらしたのです。

いつも平野さんは、「私に色気なんてこれっぽちもない」とおっしゃいますが、ふくらみのある甘い声は、充分すぎるほど官能的な声音を秘めています。これまでの文芸作品の教科書的なお堅い要素がイメージに加わっているだけなのだと思うのです。「けれど、これからは色っぽい話もやってみたいの」という意気込みも半分は不安そうですが、いえいえ、そんな心配はご無用だと思います。

観客は平野さんの新しい一面である「色っぽい話」に耳をそばだて、魅入られていました。濃厚な場面の描写は、間違いなく人の心をぎゅっとつかんでいました。小説の中では黄色の薔薇の花びらが、2人の性の交歓の中、乙女っぽいロマンチックな小道具として使われます。

ふと気づけば、舞台には黄色の薔薇が象徴的に飾られていました。黄色という優しい色合いが、平野さんの声につつしみ深いエロスと香気とを添えてくれたように思います。

朗読「橋づくし」

三島由紀夫の短編小説「橋づくし」を、平野啓子さんによる朗読で拝聴したのは、東京都中央区にある浜離宮の屋外ステージでした。夕方からの公演で、演目ははじめに「橋づくし」の朗読、それから「竹取物語」の語りの2本でした。

公演の案内状が届いた時、私の目にまっすぐに飛び込んできたのは、メインの「竹取物語」よりも「橋づくし」のタイトルでした。

三島作品には数多くの有名な長編や戯曲があるので「橋づくし」という地味な短編は、世間的には知られていないだろうと私は勝手に思い込んでいたのでした。

ですから、え、まさか、あの「橋づくし」を朗読？　と私のお気に入りの作品が選ばれたことに驚いて、案内状をしげしげ見たのを覚えています。

公演の日は、「橋づくしの舞台への見学ツアー」が同時に催されることも記されていました。観光バスを借り切って、築地川のあたりを見学し、それから夕方、語りの会場となる浜離宮へ向かうという日帰りツアーです。

まあ平野さん、本気の「橋づくし」なんだわ、と目を見はり、いっそう私は、平野さんへの親しみを持ったのでした。

三島の「橋づくし」は、よく考えられ、うまく構成された、短編の手本ともなるべき作品だと思います。話はいきなり始まり、淡々と進んでゆくのですが、登場人物たちの姿を、まるで青白い月の光に浮き上がらせるような、作者の冷淡な視線にも驚きます。

何より私を面白がらせたのは、「七つ橋参り」の趣向でした。この粋な願掛けのやり方が、女っぽくて、暗示を含んでいて、想像を膨らませてくれるのです。

そのため、読書好きなくせに、読んでしまえばさっぱり内容を忘れていく私でも、「橋づくし」の印象は強烈で、思い入れの深い作品として記憶されていました。

実は、私が住んでいる場所は、橋づくしの舞台となっている界隈《かいわい》です。

この地に住もうと思ったのには、心ひそかに「橋づくし」へのオマージュがあったのです。「橋づくし」が書かれたのは昭和31年（1956）ですが、現在の築地川は水が抜かれて、一部は首都高速となり、また遊歩道が続く細長い公園にもなって、川辺の情緒というのはまったくありません。

それでも移り住んだ頃、小説に出てくる橋をめぐりました。すべてが陸橋となっていますが、欄干《らんかん》に刻まれた橋の名を読んで、実際にあるんだなあ、と嬉しくなったほどでした。

平野さんの熟練の声によって語られる、七つ橋参りをする女たちは、私の耳にどんな風に届くのだろう。私が読んだ時の感覚とは、また違った印象を持つのだろうか。

それが知りたくて、いただいた案内を胸に、待ち遠しい思いでおりました。

「橋づくし」には、4人の女が登場します。

新橋の芸者2人と一流料亭の娘、その料亭に奉公に来たばかりの女中が、お供として加わって、彼女たちはそれぞれ胸に秘めたる願いを叶えるために、築地にある七つの橋を渡って無言参りをする、という物語です。

七つ橋参りにはルールがあります。家を出てから七つの橋を渡りきるまで、口をきいてはいけない、同じ道を二度歩いてはいけない、という、2つの決まり事です。

私が「橋づくし」を初めて読んだのは学生時代でした。そうか、芸者の世界には粋な願掛けの風習があるんだなあ、と面白く思って、この物語に惹かれたのでした。

ですが、「七つ橋渡り」の願掛けというのは、花柳界の風習には見当たらないそうです。私が金沢にその風習があると知ったのは、「橋づくし」を読んでからずっと後のこと、金沢を舞台にした小説を書くため、調べていて行き当たったのです。

金沢の「七つ橋渡り」は、明治の末頃から、浅野川周辺の女性達が、かわいい子や孫のため、家族の「病気平癒」や「無病息災」の願掛けのために、浅野川にかかる天神橋から下流へと7つの橋を渡った、と言われています。

数年前に、金沢の浅野川の「七つ橋渡り」が復興されたと聞いて、無知な私は、三島の「橋づくし」の影響かな、ぐらいに思っていたのですが、本家本元が私の地元だったとは意外でした。

もしかすると三島由紀夫の母、平岡倭文重《しずえ》の父が、加賀藩主、前田家に仕えていた漢学者であったので、なにかの機会に金沢ゆかりの話を、三島が耳にしていたのかもしれませんね。

金沢の浅野川は、ゆるやかでおだやかな流れの様子から、女川と呼ばれています。東京のコンクリートに囲まれた築地川とは違って、山からの清流が、古都の町並を縫うようにして海へと流れていきます。岸辺の風情はゆかしく、夜ともなれば花街の紅灯が川面にこぼれる、情緒に富んだ美しい川です。

私がなぜ「橋づくし」の物語に心惹かれたのか、それは金沢の風習と縁があることを知らないままに、何か見えない糸にたぐり寄せられていったような気がして、不思議に思うのです。


「橋づくし」は、陰暦8月15日の真夜中から始まります。

4人の女たちが集まり、まずは中央区役所の前の三吉橋から無言参りを始めるのです。

三島がこの小説を発表したのは昭和31年でした。この年の8月15日を新暦にすると、

9月19日だとわかりました。秋分の日まであと3日という季節です。旧盆の蒸し暑い夜を思い浮かべながら読んでいた私は、なるほど、中秋の満月の夜だったのか、と驚きました。

三島は、満月という言葉を一度も使わず、こう書いています。

《月が望みを叶えてくれなかったら、それは月のほうがまちがっている。三人の願いは簡明で、正直に顔に出ていて、実に人間らしい願望だから、月下の道を歩く三人を見れば、月はいやでもそれを見抜いて、叶えてやろうという気になるにちがいない。》

（「橋づくし」三島由紀夫作より）

このことから、無言参りが、お月様に願いを託すためだとわかるのです。となれば、「橋づくし」の主人公は、無言参りをする女たちと、彼女らの願いを青白く照らしている月ということになります。

「竹取物語」と同じく「橋づくし」も月がテーマなのだとわかった時、私はようやくこの物語が選ばれたことに納得がゆきました。

平野啓子さんが語る「かぐや姫」の世界へと聴き手を誘い込むには、格好の小説だったのです。

さて、この3人の女たちの願いですが、42歳の芸者、小弓はお金が欲しい。後輩の22歳の芸者かな子はよい旦那が欲しい。かな子と同い年の料亭の箱入り娘、満佐子は大学生で、映画俳優のRと一緒になりたい。

彼女たちは、願いこそ口に出しませんが、それぞれが切実であり、互いの胸の内もわかっています。

満月のこの夜を待ちかねていた3人ですが、真夜中に出かける満佐子を母が心配して、女中をひとりお供につけました。ひと月ほど前に東北から来たばかりの、みなです。垢《あか》抜けない女の子で、身体だけは頑丈そうな田舎者なのです。

満佐子は無言参りのルールを話して、一緒に来るんだから願いごとをしてみれば、と言ってみますが、彼女は何を考えているかわからない顔なのです。

4人の真夜中の無言参りの道中を、平野さんは軽やかに、いかにも今、目の前を歩いているように読み進んでいきます。

私は、感情を突き放したような三島の文章から、生きるのに少し疲れた女たちの陰気な雰囲気を感じとっていました。三島の文章はたいがい冷たくて、意地悪なのですが、その言葉選びの華麗さと文章の天才的なうまさが、冷たさを凌駕《りょうが》してしまうのです。そんな文章のきらびやかさに圧倒されながら読むのですが、読後感は、ヒヤリとした感じがつきまといます。

もっともこれは私が三島の作品に対する感想なのですが、橋づくしのラストも、覚めた筆致で突然に終わります。

ところが朗読で味わう印象は、私の読後感とは全く違っていました。

耳から入ってくる物語は、私がずんずん早読みする読書とは異なった世界でした。活字ならば、話の展開によって、「この話はどうなっていくのだろう、結末を早く知りたい」という興味が先だってしまい「すじ」だけを追いかけてしまうことがあるのです。面白い話ならなおのこと、この3人は祈願できるのか、その結果を知りたくなり、作者が力を入れて描写したところを流し読んで、早足に結末を追ってしまう。

文章のうまさや成り行きを楽しむよりも、貧しい読み方になってしまうのです。それでもラストを読んで、話が面白かったことだけはしっかり刻まれて、「へえ、そうなるのか」と、結末から後戻りしながら読み直したり、また最初から読んでいったりと、もったいない読み方をすることがあるのです。

ですから初めて読む小説の醍醐味を、捨ててしまうわけですね。

それが朗読だと、結末は知りたいけれども、じっくりと作者のリズムと歩調を合わせて、臨場感を味わいながら愉しめるのでした。

まずは、耳に入ってくる声の色つやです。

平野さんの色香がにじむ声が、物語を進めるせいでしょう。私が活字を追って想像する場面よりも物語の女性たちはずっと明るくて、無邪気で、人生に前向きなんだと感じられました。

語られる声に登場人物が乗り移ると、こうも印象が変わるとは、ひとつの驚きでした。

この物語で異質な存在が、みなです。

みなは用心棒でついてきたくせに、橋を渡るごとに、目を閉じて殊勝に手を合わせている。みなの願い事だけが明らかにされていません。

第四の入船橋を目の前に、かな子は腹の痛みに耐えきれず、脱落します。ここで、彼女らの行く手を暗示するように、月のありかのわかる空が怪しくなってくるのです。

3人になって、第五の橋が見える頃、小弓が知り合いの老妓に声をかけられてしまいます。返事を渋っても、知り人から話しかけられたら願は破れてしまうのです。

満佐子とみな、2人になって、黒い雨粒が落ちてくる中、最後の七番目の橋のたもとで、ほっとして手を合わせます。

このとき、満佐子がパトロールの警官に声をかけられました。

矢継ぎ早の質問から察するに、深夜の橋で拝んでいる姿を見て、投身自殺とまちがえたらしいのです。

お供のみなに事情を説明しろと、袖《そで》を引っ張るのですが、みなが口をきかない決意を固めているのを覚《さと》って呆然《ぼうぜん》とします。

そして一気にラストシーンに進み、意外な幕切れを迎えるのです。

朗読が終わりました。

話の結末を、聴衆はどのように受け止めるだろうか。私は興味津々でした。願望を抱いて祈願した3人が次々に脱落していき、みながひとり最後の祈念をするところで、会場に笑い声が上がりました。

私は作者に成り代わり、よかった、笑ってくれたとほっとしていました。読むと聴くとは大違いで、これが読書だったら、心の中でニヤリとするだけなのです。けれど朗読では、そのニヤリが小説を一緒になって味わった人たちにさざ波になって広がっていき、さざ波は大きな波になって、声を立てての笑いに昇華した、そんな感じでした。

それは平野さんが、物語の女たちに命を吹き込んだからです。

声の描写だけで、女たちのそれぞれの必死さ、おかしみ、あわれさ、そして月影にうずくまる闇の恐ろしさまでも、目の前へと次々に映し出してくれるのです。

私の耳は、4人の女たちの息遣いとともに、橋を渡る下駄の音を、確かに聴いていました。聴衆はゆったりと身をまかせ、耳を傾けているだけで、心地よく名作の物語へと運ばれていく。

晩秋の湿めり気を含んだ風がさわさわと頬を撫《な》でる、それは幸せな夜だったのです。

東京・六義園で開かれた築堤300年記念イベントで、満開のしだれ桜を背に

「竹取物語と橋づくしの夕べ〜邦楽の調べとともに」
（東京・浜離宮恩賜庭園）

国立劇場で 10 年続いた「女が語る～」シリーズから、2013 年の「冥途の飛脚」

「しだれ桜」の語り公演（東京・六義園）。同公演は毎年春に開催され、連続 10 年出演

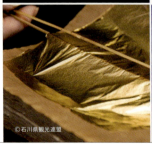

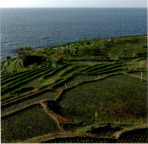

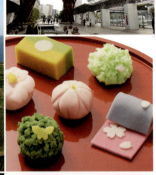

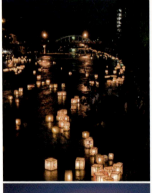

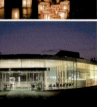

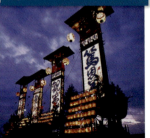

泉鏡花原作「婦系図」の語り
（東京・府中の森芸術劇場）

第二章

「語り」が織りなす不思議な縁

出会いの日

子母澤類

鏡花「婦系図《おんなけいず》」を語る着物美人

人には誰でも、その場限りと思っていた出会いから、歳月を経て、「ああ、あの時の」という、ふしぎな細い糸を発見する体験があるものです。

私の場合、平野啓子さんとの出会いがそうでした。

もうずいぶん前のことになりますが、ある日のこと、（平野さんに確認したところ、平成9年だそうです）私は仕事の合間に、テレビのリモコンを持ってザッピングしていて、ふと目に止まった画面に見入ってしまいました。

まあ、なんて着物の似合うあでやかな人だこと。

容姿の美しさに見惚れて、リモコンボタンを押す指が止まりました。

その着物美人は舞台の上でひとり、手には何も持たずに、その朱なる雅やかなくちびるから、なだらかな調べのように何かを語っているのです。

それが何とも古めかしい日本語でした。聴こえてくるのはセリフのような、文章のような？

「え、これは何だろう」

私は不思議に思い、そのままソファに座りこむと、何を話しているのかと興味を惹《ひ》かれて、食い入るように画面を見つめたのです。

男のセリフと女のセリフを、交互に話しています。その両方を使い分けていました。それだけではなく、セリフの合間の情景描写や感情までも話しているのです。

これって一人芝居とはちょっと違うな、とすぐに思いました。

私は、芝居に関しては全くの素人です。おこがましいですが、素人なりに考えるに、芝居というのは与えられた役になりきるため、配役の人物を自分なりに理解する。それからその人物の魂を引き寄せて、身体の中に取り込んでから、その人に成り代わって脚本のセリフを引き出してゆく。

顔の表情や身のこなし、肉体のあらゆる部分を使って演じるのだろうと思います。

芝居は総合芸術です。その中で、配役のひとりを担うことが、演じる、ということなのではないか、と思うのです。

たとえ一人芝居で、ひとりで何役もこなしていたとしても、おそらくはセリフだけでしょう。

小説の地の文章まで口にすることはないのでは、と思います。

セリフも含めて、作家が書いたままの文章をまるごと口にするのであれば、朗読です。

ではこれは、本を持たない朗読なのだろうか。

ですが、小説を丸暗記して舞台で語るとは、気が遠くなりそうな行為に思えました。

「むかしむかし、あるところに」と桃太郎のおとぎ話を子供に聞かせるのとは違うのです。おとぎ話なら、語り部本人の言い方に変換されるのが普通です。

たとえば「おじいさんとおばあさん」という人もいれば「じいさまとばあさま」という人もいるでしょう。

地方によっては「じっさまとばっさま」「じいじとばあば」など、語り手の普段使いの方言で話せば、おとぎ話としての情感がこめられるでしょう。それは語り手次第なのです。

しかし、作家の作品はそうはいきません。長いし、作者の個性を勝手に自分流に話すのは難しいと思えます。

ですが、だからといって丸暗記するなど可能だろうか。

そういえば外国の政治家が、テレビ演説に使うというプロンプターがあるといいます。話している人が、テレビを見ている人を見つめているように見えているけれど、実は政治家は文字が流れているプロンプターを読んでいるといいます。長い演説を、よどみなく話すために、そういう機械を使っているのかもしれない。

私は意地悪く観ていました。ですが着物美人の視線はどこやら遠いところをさまよっていて、プロンプターを読んでいるとは思えません。

言葉の合間に手をかざしたり、上を向いたりと小さな動きが入りますが、いたって静かな動きでした。芝居をしている感じでもないのです。

ただ、えも言われぬ心地よい声です。一語一語を淡々と、深く落ち着いたリズムで話されていました。

声に女らしい艶があるために、言葉に表情が生まれて、聴くものの耳になめらかに流れ落ちてくるのです。

聴いているうちに、ああ、これは本を持たないまま、物語を語ってくれているのだ、ということがわかりました。

それが、平野啓子さんを知り染めし瞬間でありました。

一人芝居でもなく、朗読でもない。昔話を自分流に話すのではなく、小説をそのまま「語る」というジャンルがあることを、私はそこで知ったのでした。

その時の演目が何の小説だったかは忘れましたが、後で伺《うかが》ったところによると、泉鏡花の「婦系図」で、富山で収録されたということでした。

ああそうだった、鏡花だった、と私のおぼろな記憶がしだいによみがえってきたのです。

鏡花の古めかしい文体は、今の世では大変に読みづらいですが、華麗で薫り高く、描写力はきわめて美しい。その文章は、日本語の天才が操る魔術を見るようです。

実は鏡花が書いていた当時、自然主義文学が流行していました。当時もてはやされた作家たちは、鏡花の文章は古臭くて読みづらい「悪文」だと笑っていたほどです。

しかし、鏡花は江戸文化への憧憬を示して、独自の世界を作り上げたのです。

結局は、明治生まれの作家のほとんどが忘れられていきました。ですが泉鏡花は、自分の美意識だけで貫いた文章と物語で、当時はもとより今も舞台で演じられています。

その道の玄人が好むのでしょう。プロの演者や作家の中にも、鏡花を愛してやまぬ人たちがたくさんいるのです。

「婦系図」は、鏡花調といわれる文体に行き着く前の作品ですが、それでも私だったら一行も覚えられません。何よりも先に、覚えようなどとは思いもよりません。

作家の物語を一字一句、まるごと覚える、というのは私に取って驚がくの発見だったのです。

平野啓子さんとの出会いというのは、テレビでたまたま一度だけ拝見した、という一方的な出会いでした。

年月を重ねても消えない強烈な印象を残して、私の胸に刻まれたのです。

話し方の癖《くせ》を瞬時に再現する達人

「趣味は何かって聞かれた時、答えられなかったんです。それで考えてみたら、子供の頃から本は必ず声に出して読んでいたんですね。そうか、私、朗読が好き、とその時気づいたんです」

番組の最後にインタビューで、そのように答えていらしたのを覚えています。

それにも私はへえ、と思いました。

私は子供の頃から本好きでした。読むのが早いので、黙読専門です。物語が面白くないと思っても、結末を知りたいために、目だけで筋を追い、あっという間に読み終えてしまったりもします。

好きな本の好きな場面なら再読三読して、心の中でゆっくり噛み含めて、うっとりしながら、それこそ語るように読むことはあります。

すばらしい文章に酩酊《めいてい》すれば、その一節を書き写してみることもあります。

それでも音読しようとは思いません。


まずは声なのでしょう。

声には、持って生まれた声質があります。私も平野さんのように、自分でも聞き惚れるような美声なら、音読してみようと思うかもしれません。

しかし、いかんせん耳触りな声なのです。力を入れないと、まるで地面を這《は》うような低音が、かすれかすれて、こぼれます。

独り言のつぶやきは、自分でも男が成り代わってしゃべったのか、なんて思うほど女らしくありません。

しかも鼻にかかった声で、くぐもってしまうので、子供の時から、「えっ」と聞き返されるのがしょっちゅうでした。

「変な声」という自覚はありますが、平野さんとの共著のために録音した自分の声を初めて聞いて、あまりの幼稚な話し方に驚き、のけぞりました。

平野さんとのやりとりの録音を聞いていると、プロが奏でる調べにうっとりしている時に、私の調子外れのこわれた楽器が、きいきい鳴って水をさすような不快さです。

そうとうショックだったので、美声は性質的に無理でも、せめて話し方だけでも語りのプロに習おうと思いました。次に平野さんにお会いした時、私はつとめて冷静に、声は穏やかで低めに、強弱のないよう、淡々と話すようにしました。

しばらくして、平野さんがふと言いました。

「あの、何かいつもと感じが違いますが、具合でも悪いのですか？」

真顔で聞かれたので、私は少し照れながら、出来る大人の女を気取った口調で告白したのです。

「この前、自分の録音した声を聞いてショックだったんです。ひどいアニメ声で、いい年して恥ずかしくて。それで大人の女の声になりたいと思って、少しでも平野さんに近づこうと、淡々としゃべる努力をしているんです」

平野さんはきれいな声でコロコロ笑いながら、

「変ですよ。怒ってるのかと思いました」

「怒ってなんかいないです。大まじめです。声が変なのは仕方ないとして、ともかくアニメ声を克服したいんです」

「やめた方がいいですよ。感じ悪くなってますから」

「そんなに変ですか？」

「変です」

あまりにもきっぱり言われて、私はため息をつきました。

「ええっ、ほんとにぃ、そんなぁ。私、これからは冷静に、淡々と話そうと決心したのにぃ」

「あ、今の、ほんとにぃ、そんなぁ、私、これからは冷静に、淡々と話そうと、決心したのにぃ。この話し方こそ子母澤さんらしいですよ」

恐ろしいことに、語りのプロは人の話し方の物まねができるのです。私の声色を、そっくりそのまま復唱できる。微妙な強弱から独特の息遣い、石川県の言葉の特徴である語尾を伸ばす癖まで、まるで私が乗り移ったかのようにマネするのです。

自分が嫌う話し方を目の前で再現されて、私は恥ずかしさに耳が熱くなりました。

同時に、さすが、と感心もさせられたのでした。

私のおかしな話し方の癖を、瞬時にとらえて、いともたやすく音声で再現できる。

悔しいことに、もちろん声は美声のままです。

これは特殊能力なのです。声に対する絶対音感のようなものを持っているのだと思いました。

語りのプロは、声だけでなく耳もいいのです。音を捕らえていかようにも喉《のど》から出すことができるのだ、と改めて知りました。

朗読や語りをする時、登場人物が２人いる場合に、平野さんは人物の違いを、声色を変えて表現するわけではないと言います。

それでは同じ声のまま、どうやって人物の違いをわからせるのか。

それぞれの心情をとらえて、性格を把握すれば、おのずと語り口が違ってくる、と言うのです。

その話は何度か聞いていましたが、私にはどうもピンと来ませんでした。ですが、目の前で私の語り口の完全コピーをされた時、ああ、こういうことか、とすっと心に落ちてきました。

声は平野さんですが、話し方はまぎれも無く私でした。私以外の何者でもない、まるで私が憑依《ひょうい》して美声だけを借りているかのような表現力、これを駆使すれば人物を幾通りにも描写することが可能だと理解したのです。

こういう能力は、天性の才能だけではできないことでしょう。語りという芸術に真剣に精進してこられた平野さんが、人生の長い時間をかけて会得した技術であると思うのです。

リヨンのポール・ボキューズでの朗読

子母澤類

不似合いなほどリッチなツアー

平野啓子さんに実際にお会いしたのは、美食の都で知られるフランス第2の都市、リヨンでした。

古都リヨンは、ため息が漏れるような美しい街です。ローヌ川を渡って旧市街を歩けば、石畳の古い街並みが続きます。

旅の3日目だったでしょうか。リヨンに到着した日、私はツアーにひとり知り合いがいたので、彼女と2人でツアーから離れて旧市街を歩きました。

細い石畳の道の両側には可愛い店が並び、いちいちのぞきながら散策するうちに「サン・ジャン大聖堂」の大きな広場に行き当たりました。

教会広場を囲むカフェのひとつでのんびりエスプレッソを飲んでいると、異教徒の国の中世へとさまよっている感覚になり、旅気分に浸ったのを覚えています。

かつて遠藤周作がリヨン大学に留学していたことを思い、戦後の留学生の苦労を忍びながらも、これほど美しい街で青春を送ったことがうらやましくなりました。

フルヴィエールの丘への坂道を上がっていくと、白いお城のようなノートルダム大聖堂が見えてきます。丘の上の広場からは、ローヌ川とオレンジ色の屋根が連なるリヨンの街が一望できます。

リヨンの旧市街が、今では世界遺産に登録されたと聞きます。

さて、平野さんとの本当の出会いは、その古い都から郊外へ車で約20分、フランスを代表するレストラン「ポール・ボキューズ」でのことでした。

それは平成16年(2004)、夏も終わりの頃でした。

私は、仕事のご縁もあって、故郷である石川県の北國新聞社が企画する「リヨン・ミラノの旅」に参加しました。

その旅行の誘いを受けたのは、出発の10日ほど前でした。お盆休みで故郷の金沢に帰省していた折りです。

「リヨンとミラノ」という憧れの地への旅ですが、私は原稿の締め切りを抱えていたし、何よりも私には贅沢《ぜいたく》すぎる内容のツアーでした。

行くべきか、どうしようか、ずいぶん悩みました。出発日が迫った1週間前になって、ようやく参加を決めたのです。

その旅行ツアーに、平野啓子さんがいらしたのでした。

ですから厳密に言えば、リヨン到着の2日前に、私達は成田空港から同じ飛行機でシャルル・ドゴール空港に降り立ちました。添乗員の旗のもと、そこで初めて同じ旅の参加者として、集合していたのです。

リッチなツアーでしたので、参加者リストをざっと見ても、肩書きの立派な方ばかり。これまで旅といえば、行き当たりばったりのぶらり旅しか経験のなかった私にとって、初めての優雅で贅沢な団体旅行だったのです。

予測はしていましたが、いざ参加してみると、自分が完全に場違いであることを痛感し、緊張の波にのまれてしまいました。そこで点呼を取られたのか、何一つ覚えていないのです。

のんびり屋で、計画性の乏しい私は、出発の朝まで徹夜で、旅行中にくる締め切りの原稿を書いていました。当時は月末の締め切りの原稿が何本かあり、旅行のために急いで書きためておかなければ出かけられなかったのです。

東京駅へ向かう予定の2時間前に、最後の原稿を書き終えて、メールで送ると、あわててベッドの上に広げた服などを詰め込み、部屋を飛び出したのです。

こんな状況だったので、大きな旅行カバンを買いに行く余裕もありませんでした。

私はいつも故郷へ帰る時に使う車輪つきの旅行カバンひとつで、成田エクスプレスに駆け込みました。毎度のこととはいえ、ぎりぎりセーフです。

成田から飛行機が飛び立つと、頭がもうろうとして激しい眠気に襲われました。しばらくすると食事が出たので、私はワインをもらい、食べながらあおるように飲み干して、耳栓とアイマスクをつけて眠りに入りました。パリに着くまでの間、食事の他はずっと熟睡しっぱなし。その時は知らなかったのですが、隣の男性は同じツアーの参加者でした。

帰りもお隣で、10日間の旅で顔なじみになった彼は、「行きの飛行機で、すぐにワインをぐいっと飲んで、完全に寝てましたね。すごい旅の達人だ、と驚いたんですよ」と言われてしまいました。

乗り物に乗ればすぐに寝る体質なので、実は私は繊細な神経の持ち主で、などと自己申告しても、誰もがせせら笑って信じてくれないのです。

官能小説の朗読が格調高く響き渡る

パリから、観光バス2台を連ねての旅が始まりました。フランスからイタリアへと、国境を越える長距離の旅です。

私はバスに揺られながら、旅のメンバーの名簿をゆっくり眺めて、初めて平野啓子さんのお名前を見つけたのでした。

テレビで拝見した印象が強かったので、リヨンへ着くまでの途中、見学先でそのお姿を目で探しました。

すぐにわかりました。明るい花柄の長いスカート、肩には柔らかなショールをかけて、フランスの夏の抜けるような青空の下、華やかな存在感を漂わせていらっしゃいました。

そんな旅の3日目、リヨンに着いた私達は、ホテルでのチェックインをすませて、夕方、ツアーの皆さんと合流し、バスで夕食の会場へと向かいました。

ポール・ボキューズ本店での晩餐会です。この旅の目的のひとつで、前半のハイライトでもありました。

のどかな田園地帯の中、伝説のレストランは突如、姿を現しました。ピンクや緑色に塗られた彩りにぎやかな建物で、そこだけ異様を放っていたのです。ライトアップされ、黄昏の中にふんわり浮かび上がっているようでした。

入り口では赤い帽子に赤い制服の黒人のドアボーイが、私たちツアー客をにこやかに出迎えてくれます。

特別なディナーへと誘い込む演出に、もはや私は夢心地、まさに食のおとぎ話への入り口でした。

私達ツアー客は、きらびやかな晩餐会の部屋に案内されました。

銀の燭台や花で飾られたテーブルにつき、この店を有名にならしめた黒トリュフのスープをはじめ、次々に運ばれてくる手の込んだ料理を、王侯貴族のように味わったのです。

しかし、グルメに縁の薄い私は、絢爛豪華《けんらんごうか》な部屋のしつらいに驚くばかり。ツアーの方々と馴染んでいないこともあり、せっかくの三つ星レストランの味も、緊張で縮み上がった舌が感知する余裕がありませんでした。

食後のコーヒーが注がれる頃、ツアーのサプライズ企画として、旅の仲間である平野啓子さんが朗読をされるという案内がありました。

私は胸を躍らせました。以前にテレビで、和服に身を包んだ平野さんが「語り」をされる特集番組を拝見したことがあります。

語られていた作品は覚えていませんでしたが、確か著名な作家の文芸作品でした。その時の平野さんの声の力強さ、つやを含んだ趣きのある声に、うっとりと聴き入った覚えがあります。

今夜、平野さんの声の優雅を生で聴くことができる。そう思ってドキドキしながら待つ私の耳に、仰天の言葉が飛び込んで来たのです。

「何を朗読しようかといろいろ考えましたが、せっかくですので、このツアーにいらっしゃる子母澤類さんの書かれた官能小説の一部を読ませて頂きたいと思います」

平野さんは、きらきらしい三つ星レストランで、私の文庫本を手に読み始めたのです。

私は戸惑わずにはいられませんでした。

三つ星レストランにそぐわぬ、お恥ずかしい文章なのです。

ところが、平野啓子さんの香気に満ちた声のおかげで、私の拙文が格調高きものに変化して、美食の街リヨンが誇る最高級レストランに響いたのでした。

ざわついていた会食の部屋が、一瞬にして静まりかえりました。朗読の間は、咳《せき》ばらいひとつ聞こえません。

ツアーの皆様が、小バカにした様子もなく、興味深げに聴き入っているのを、私は消え入りたいような羞恥《しゅうち》にうつむきながらも、目の端にとらえておりました。

平野さんがお読み下さった小説の内容ですが、確か女性の和服姿の色香についてだったと思います。

身体のほとんどを覆い隠す衣装でありながら、紐《ひも》で結わえるだけという着物の無防備さ、それが女性の気持ちひとつで、容易に男性を受け入れることのできる構造になっている、という描写だった記憶があります。

恥多き書き手にとっても、平野さんの声は、心にすんなりと入り込んできました。明瞭な発音と心地よい声質が、耳を集中させるのです。

おそらくは、女性の着物の奥深いところに秘めた肌の温もり、その肌の湿り気までも、聴き手にまざまざと感じさせたに違いない、と思いました。

なぜならば、会食の席のひとつひとつに、息遣いさえ飲み込ませるような濃い静寂があったからです。冷房の効いたレストランに、昼の熱気の名残のようなものが侵入して、聴衆をひとつにくるみ込んだようなねっとりとした静けさでした。

着物という日本のモチーフでありながらも、官能的な一節は、フランスという愛の国と調和が取れているようにも感じられました。

それも、中世のおとぎ話に出てくるお城のような内装のレストランなのです。

豪華な晩餐会のクライマックスに、思いもよらぬ場面が用意されていたのでした。

拙作を、語りのプロ、平野啓子さんに読んで頂いた光栄きわまるこの夜を、私はこの先、一生忘れない、と胸に刻み込んだのです。


朗読が終わると、平野さんへの拍手がしばらく鳴り響き、ざわめきが戻りました。

心からありがたかったのは、その文章を書いたのはこの人です、と名指しされて、私が席を立たされたりしなかったことです。

ただでさえ、分不相応なツアーにずっと緊張していたので、官能小説など書いている私に、お愛想の拍手を強要される方々の苦々しさを想像するだに恐かったのです。

私の存在が知られないで済んだので、ようやく人心地ついて、私はワインに手を伸ばしました。ほっとして緊張がとけたので、語りのプロに朗読してもらった記念の夜に向けて、おいしいフランスワインで自分なりに乾杯したい気持ちでした。

その時、私のすぐそばで、男性たちの交わす囁《ささや》きが耳に入りました。

「おい、このツアーに官能作家などという人がいたのか？」

「知らなかった。誰だろう」

「そんなものを書くような人物だ。きっと変人だろうな」

そう言いながら会場をキョロキョロ見渡したりするので、私は知らん顔をしておりました。

もちろん「私です」などと白状するつもりはなかったので、男性陣のどよめきを面白く観察していただけです。

「変人」呼ばわりされることなど、私はちっとも気になりません。当然そうだろうな、と思うので、小さな騒ぎは私の別の場所で起こる風のようなものでした。人ごとのように聞きながら、ワインを飲んでいました。

そのうち、女性のどなたかが「犯人捜し」をしたようです。直接、平野さんに聞いたらしく、帰りぎわ、にこやかに私の前に登場し、いきなり「先生、感動したわ」とおっしゃるのです。

おそらく私は、このツアーの格にそぐわない、ちん入者というイメージをもたれていたに違いないのです。旅の最初から萎縮し、目立たぬようふるまっていたので、「どこの馬の骨」と思われて当然でした。

私はようやく晴れて平野さんにお礼のご挨拶《あいさつ》をすることになりました。

「子母澤です。先ほどはありがとうございます。品格のある朗読ですばらしかったです」

何を話したかよく覚えていませんが、一生忘れない記念日のためにご一緒に写真を、とお願いして何枚か撮ってもらいました。

その時の写真を見ますと、にっこりとした平野さんの横で、私はワインの酔いで目を赤くしていて、古城の魔に魅入られたような変な目つきで映っています。写真は正直なので、あの時の張りつめた気持ちと感情の昂《たか》ぶりが、そのまま映し出されてしまったようです。

ホテルに帰り、部屋に入ろうとする私を追いかけてきた年配の素敵なご夫妻がいらっしゃいました。

「大変にすばらしかったです。今夜はありがとうございました」とお２人そろって丁寧なお辞儀をされたのです。私はびっくりして、恐縮するばかりでした。

いえいえ、私の文章のせいではありません。ひたすら平野さんの声の魔力なのだと、私にはわかっていました。

物語へといざなう声が、皆さんの心を甘美にかき乱しただけなのです。お酒の力もあると思います。フランスですからワインの酔いもあり、ツアーの方々も寛容に受け入れて下さったと思っています。

リヨンの夜を境にして、この旅がいきなり私の心に楽しく寄り添うものに変わりました。

それから旅はミラノやヴェネツィアへと移るのですが、私の緊張の糸がゆるんで、ようやく旅を満喫する気持ちになれたのです。

「語り」のプロフェッショナルである平野啓子さんに朗読してもらった最高の夜「レストラン　ポール・ボキューズ」が、私たちの記念すべき出会いとなりました。

再会の平野さん、ドイツ交流をめざす

それから十年余が過ぎて、平野啓子さんと再会する時が来ました。

いえ、その間に一度、東京の浜離宮の野外舞台で、平野さんの語り「竹取物語」を拝見する機会がありました。招待状を頂いたのです。

舞台に、美しい平野さんがいらっしゃいました。その白い手には本ではなく、薄ものの衣装を持ち、それをそっと頭上に掲げた、美しくも妖しいかぐや姫となって、晩秋の宵《よい》に現れたのです。

この日の浜離宮での演目「橋づくし」と「竹取物語」については、第一章で紹介していますので、ここでは触れるだけにします。

「語り」だけで流麗に物語ってゆく平野さんの世界に、私はたちまち引き込まれ、魅入られていきました。

かぐや姫は天へと、ゆっくり昇っていきます。

浜離宮へと吹く風が、ふいに冷たくなって、ぞくりと鳥肌を立てさせるような夜でした。

夜のしじまに発せられる声は、深く響き渡って、神がかったものさえ感じます。

声の力で鎮《しず》まる昼もあれば、声の魔力によってざわめく闇もある、とこの時、私は体験したのです。

その時は舞台の主役と観客という関係でしたので、公演が終わって帰りました。劇場なら楽屋にご挨拶に伺えるのですが、野外舞台なので楽屋の場所もわからず、しかも公演が終わると同時に雨がぽつりと落ちてきたのです。傘を持っていなかった私は、急いで浜離宮を後にしました。その時は私の一方的な再会で、お礼状を送っただけでした。

平野さんと再会してお話をした時に、最近、新しい分野に挑戦されている、とお聞きしました。

文部省の文化交流使として、ドイツとトルコへ派遣され、異国の地で「走れメロス」を「語り」で披露されたのだそうです。

海外と語りで交流したいと思ったきっかけは、日本国内で行われる「ゲーテ朗読コンテスト」だったといいます。

「たまたま私が審査員をしていたんですね。日本人の中では、ドイツ語で朗読する人もいます。ある方から、平野さんのような方はドイツで交流を持つといいよ、というアドバイスをもらったんです」

その時に興味が芽ばえ、持ち前の行動力で、いろんな場所で積極的にその話をしていたら、やがて道はつながっていきます。ケルン日本文化会館というところを紹介して下さる方がいて、メールアドレスと電話番号を教えてもらったのです。

「私、そこに何度も電話をしたのですが、ちっとも繋がらないのです。仕方なくメールで、交流を持ちたいので、一度ご挨拶に伺わせて頂きたい、と出したら、それはすぐに返信がありました」

「ぜひいらして下さいと書いてあったので、私は躍り上がって喜びました。ところで、何度かけても電話が繋がらないのはなぜか、と聞くと、『それはおそらく、時差のせいでしょう』と書いてあり、そこで初めて私は、何度も電話をしていたケルン日本文化会館が、日本ではなくケルンにあると知ったんです」

熱情がほとばしる平野さんですが、見かけによらず天然の部分があり、聞いていて思わず笑ってしまいます。

「1月頃にいかがですか、と書いてあったので、これは頑張って行くしかない、と思い定めました。そこで一人で初めて、ドイツへと旅に出たのです。熱意は通じるんです。ただ、無謀だったと思います」

グリム童話の国、メルヘン街道をゆく

平野さんの、突拍子もない話の成り行きに、私は笑いながらも、その行動力と思いの深さに感じ入りました。

信念の人なのだな、と思います。

実は私も以前、グリム童話の世界を歩いてみたい、という思いから、ドイツのメルヘン街道を旅したことがあります。

平成10年（1998）の初夏、ベルリンの壁の崩壊から10年が経っていました。

その頃の私は、小説を書いて暮らすようになって間もない頃で、どのようにでも時間のやり繰りができる環境にいたのです。

たまたまドイツ語ができる人がいたので、旅の道連れにして、「地球の歩き方」のドイツ版を1冊持ち、飛行機に乗りました。

フランクフルトに着いたのは夕方の5時でした。

当時はスマホもなく、世界は今ほど繋がってはいませんでした。

鉄道を使って、グリム兄弟の生まれ故郷ハーナウ、彼らが幼い頃に住んだ小さな田舎

町、シュタイナウ、兄弟が通った大学のある町、マールブルク、そして「眠れる森の美女」のモデルになったといわれるザバブルクから、彼らが長い間住んでいたカッセルへと、電車の時刻表をにらみながら、予定の列車に間に合うように巡りました。

6月半ば、ヨーロッパのベストシーズンであるにもかかわらず、春先の北陸のような灰色の空でした。グリムの旅の間はずっと曇が低く垂れ込めて、肌寒い日が続きました。

グリムゆかりの地は、素朴で小さな町ばかりでした。無人駅もあり、駅前ではタクシーが見つからず困ったこともありました。どの地にも、グリム兄弟の立派な銅像がありましたが、観光客にはほどんど出会いません。

メルヘン街道の終点、ブレーメンは、フランクフルトを出て以来の都会でした。青空が戻り、立派な市庁舎の広場には人々が集って、ほっとしたことを覚えています。

ドイツの印象といえば、民家がずいぶん大きなことと、小さなホテルも民宿も驚くほど清潔なことでした。ベッドシーツと布団はすべて白で、すがすがしい気持ちにさせてくれるのです。感化されて、帰りにフランクフルトでベッドシーツと肌布団、枕カバーなど、白くて上等の綿製品を買って帰りました。

グリム兄弟ゆかりの地を歩いてみた私は、ドイツには物語に親しむという文化が根づいていると感じました。

グリム童話と呼ばれていますが、兄弟ともに学者で、人魚姫を書いたアンデルセンのような作家ではありません。童話を創作したわけではないのです。

知人から昔話を聞き取ったり、古い文献から物語を探したりと、年月をかけて民話を収集して、それらをまとめて出版したのです。

日本の雪国では囲炉裏ばたで、年寄りがワラなどを編むかたわら、子供たちに昔話を語りながら冬の長い夜を過ごしました。

ドイツも寒い国です。雪に閉ざされた家の中で、伝説や物語を聞いて過ごすという文化があったことが肌で感じられました。

私が幼い頃、初めて父から与えられた絵本がアンデルセンの人魚姫でした。そして、初めて与えられた箱入りの本が「グリム童話　金のがちょう」でした。

グリム兄弟の長男、ヤコブは1785年生まれで、その頃の日本は天明5年、江戸幕府の第10代将軍、徳川家治の時代です。

ヤコブの三つ下が次男のヴィルヘルム、彼らが民話を収集するにあたり話を聞いたのは、学者や教師、若い娘やお年寄りもいたそうです。当時のドイツには、さまざまな職業の語り部がいたようです。

グリム童話の最終決定版には、２００話が収められています。それが日本を含め世界中に広がりました。


平野さんは、ドイツでグリム童話を語る女性を探し出してもらって、ケルン、デュッセルドルフ、ベルリンを巡り、その方と一緒に語りをされたということです。

現在は、ドイツでもグリム童話の語り部という方はほとんどいなくなったそうですが、何とか探し出して下さったそうです。

民族の昔話は、人から人に、何世紀にも渡って口伝えに伝わってきました。

グリム兄弟のドイツ語の文章はとても美しくて、完璧なのだそうです。一言一句、さりげない言い回しに至るまでが美しいといいます。

それならば、日本文学の名作にも通ずるのではないか。日本語の美しさを外国の人にもぜひ聴いてもらいたい。

平野さんはあくまでも日本語にこだわって、日本文学の作品を、原典に忠実に、日本語のままで語りました。

「私の語りは、日本文学の作品を暗記して語る。日本語を外国語の訳ではなく、日本語のまま音声で伝えたいんです」

「異国の地で、日本語を理解しない人たちに向けて、あえて日本語で語るのですか?」

私は驚いて聞き返しました。

「もちろん日本語です。訳はつきますけれど」

彼女は当たり前のごとく言うのです。

物語の一節を日本語で語ると、つづいてドイツ語の訳が読まれる。そうやって日本の物語が語られたそうです。

しかし、やはりドイツの地で、ドイツの聴衆に向けて、日本文学を日本語のまま伝えることに、多くの人が不安を覚えたということです。

まずは作品選びです。

その時になって、通訳の人か翻訳者が必要だと気づきました。

いろいろな方面から探してもらった末に、ドイツ映画の翻訳をした方に、瀬戸内寂聴さんの小説の翻訳を頼みました。

次に、ドイツ語訳のある日本の小説を探しました。ドイツには、太宰治の「走れメロス」

の翻訳がありました。

「走れメロス」はもとはシラーの詩が原作なので、ドイツでは知られていますが、原作は散文詩で淡々としたものです。

それが太宰の手にかかると、メロスの心理描写の巧みさに、ドイツの方々はたちまち引き込まれて、ラストシーンでは涙を落としたというのです。

私はそれを新鮮な思いで聴き、とても心を動かされました。

「日本語の持つ言葉の雰囲気を、音声だけで、外国の方も感じることができるのでしょうか」

「名文なら、何の苦労もしなくても、おのずと語り口を呼び起こしてくれるんです」

平野さんは続けて言います。

「すばらしくて、ため息が出る文章に巡り会う。そんな素敵な日本文学を、語りという方法で、外国の方にも知ってもらいたいんです」

「走れメロスは、どこでやっても受ける、ということがわかりました。ラストシーンでは泣く人もいるくらいでしたから」

「外国で質疑応答をしていると、文化や宗教からくる違い、民族性の違いをひしひしと感じます。日本の情緒や恋愛感が通じない国に話しても仕方がないという考えも、もちろんあります。違う世界に生きているのだから、恋愛の機微もわからないだろうと。でも違うからこそ、男女の関係の普遍性が、かえって浮き彫りになるのでは？」

平野さんはリヨンの時と同じに張りのある、つやを含んだ美しい声で熱く語ります。言葉や文化の違いはあれど、人の営みは古今東西、同じです。恋をして、人生の喜びや悲哀を知ります。人を憎んだり、嫉妬したり悲しんだり、家族や友人を大切に思う気持ちや、感動に涙するのは変わりません。

語りのプロフェッショナルは、一見、しなやかに見えながらも、信念を決して曲げず、突き進んでいくたくましくも強い女性なのです。

そんな彼女の進む道には、闇の中からひとすじの光が見えてくるのです。

ダメとわかれば、さっさとあきらめてしまう受け身の私にとって、平野さん自身がその光の源のように見えてきます。

フランス、リヨンの名店ポール・ボキューズでの出会いから十余年、いっそうの熱い情熱を傾けて、「語り」の世界に身を捧げている平野さんを私は見いだしていました。

瀬戸内作品「冬薔薇」の語り
（東京・アコスタディオ）

マイト・ピア・智子さんと「春はあけぼの」手話語り（ドイツ・ケルン日本文化会館）

「竹取物語」熱い視線を間近に感じながら上演（ドイツ・デュッセルドルフ大学）

演目に合わせて別の衣装に早替え、次の作品の「語り」へ（ドイツ・トルコの各所）

Amino Rice
醗酵が香る。
肌が変わる。
福光屋は寛永二年(1625年)創業。金沢で最も長い歴史と伝統を誇る酒蔵です。その長い歴史の中で培われた米醗酵技術から生まれた「アミノリセ」は、厳選した原料でつくられた高保湿の自然派化粧品です。醗酵の香りは天然の証。感動の保湿力を実感してください。
Amino Rice
Natural Moist Lotion
Formulated with benefits of rice fermentation and natural ingredients, Amino Rice promotes internal and external beauty.
Amino Rice
Natural Moist Essence

Amino Rice
Amino Rice
Amino Rice
Amino Rice

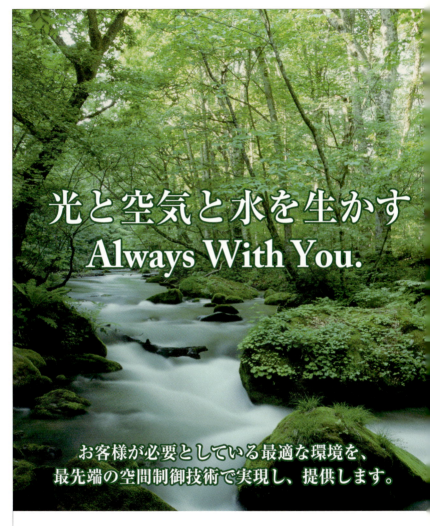

トルコで「エルトゥールル号の物語」「稲むらの火」の公演後、子どもたちと交流
(イスタンブール旧総領事館事務所大ホール)

第三章

文化交流使
ドイツからトルコへの旅

勘違いが開いた海外公演の扉

平野啓子

アポがとれた。行こう！

2014年の平成26年度文化交流使としてのドイツ公演、それは、そもそも、その数年前の一通のメールから始まりました。

「ケルン文化会館御中　私は日本文学等の名作や名文を暗記して語り伝えている者です。以前より、ドイツと交流したいと考えておりました。」

私のドイツ交流希望の話を聞いた知人の勧めで、会館のメールアドレスと電話番号を書いた紙をもとに問い合わせたのでした。私は、ケルン日本文化会館というのは、日本国内にある在外公館のような施設だと思って、館長にメールでアポイントメントを取ったのです。あとでそれが、ドイツに連絡をしていたことに気づき、あまりの衝撃に私はしばらく呆然《ぼうぜん》としましたが、せっかくアポがとれたのです。行こう！と決心しました。

これが、平成24年（2012）9月のことでした。

ドイツ　ひとり旅

この一人旅に出発する1週間前、いきなり不安が大きくなりました。これから行くのは、海外なのです。日本国内でも方向音痴なのに、土地勘の全くない場所に行くのです。道に迷って戻ってこれなくなったらどうしたらよいのでしょう。

私の様子を察して、事務所のスタッフが、「空港まで見送りに行きますよ。荷物も空港まで持ちましょう」と出発の日に空港までついてきてくれました。本当に嬉しく思いました。なんでも私は、道々「なぜ、この訪問を決めてしまったんだろう」とため息交じりで連発していたと言います。ゲートに入るときに、スタッフが写真を撮ってくれました。私は、遺言めいたことを二言三言、言ったらしいです。「もし、私の身に万一のことがあったら、これが、最後に見た顔だ、と言って皆に写真を見せてね」

今、その時の写真を見ると、不安でこわばりきって、助けを求めるような目でこちらをじっとみつめています。

ケルンを訪問するにあたり、フランクフルト経由にし、数日間滞在の日を設けました。

フランクフルトには、ゲーテの生家があります。日本でもよく知られるゲーテは、ドイツを代表する古典派の詩人で、小説家、劇作家でもありました。ドイツの有名な詩人、シラー、ハイネ、リルケなどと並べた人気投票で、ゲーテが断然トップなのです。もともと、私は、日本の洋菓子会社の主催する「ゲーテの詩朗読コンテスト」の審査員をしていたことから、ドイツとの交流を考え始めました。同じ審査員を務められた駐日ドイツ大使館のドイツ人職員の方が、私の肩書を見て、ドイツとの文化交流をたびたび勧めたからでした。ドイツでは、詩の朗読コンテストが各所で開かれることや、作家が新刊本を出した時に自分で朗読会を開き、自作を読んで即売し、販売促進につとめる文化があることを教えてくれました。ケルンとフランクフルトがＩＣＥというドイツの高速列車（新幹線のようなもの）で直行できるのも理由の一つでした。

フランクフルトでの2日目、マイン川に沿って1時間ほど散歩し、マーレー広場からゲーテの生家へ。エントランス前の壁にツタの葉が上までびっしりと這《は》っていました。マーレー広場を通って、大聖堂広場に来ると、和食店があります。1階がパン屋さんで2階が和食のフロアでした。同じ経営者です。店主は私と同年代の素敵な日本人女性でした。その方に話を伺《うかが》うと、フランクフルトでは、小学校でゲーテの詩を授業で暗記するそうです。その方のお子さんも暗記したと言っていました。

翌日、マイン川のほとりにあるシュテーデン博物館に行くと、ゲーテの生家で買った絵葉書の、もとの大きな絵画が展示されていました。マイン川には親水式の階段が付いた護岸があり、そこから観光用ボートも出るし、売店もあります。そこに白い鳥がたくさん見えたので、近づくと、アヒルの群れでした。白鳥も何羽かいて、楽しそうに泳いだり、階段を歩いたりしています。私もそこに降りて、しばらく鳥たちと遊びました。シュテーデン博物館とホテルのある駅側とをつなぐ大きな橋のたもとで、椅子に座ってアコーディオンを弾いている老人の男性がいました。ドイツの曲ではなく、シャンソンのワルツだったと思います。その曲に見送られながら、橋を渡り、ホテルに戻りました。

翌日は、ケルンに移動します。つかの間の、休息でした。

ケルン日本文化会館の2時間

ケルンにつくと、駅のすぐ前に、フランクフルトの大聖堂よりずっと大きい大聖堂があり、視界をふさぎました。そのすぐ近くのホテルで1泊し、翌日、目的のケルン日本文化会館へ。

午前10時、館長室に通していただきました。大きな棚がそこここにあり、本がぎっしりと並んでいます。また、飾り棚には、日本の工芸品などが置いてありました。ソファに案内されるとすぐに私は、日本語のまま文学の音声表現パフォーマンスすることの、あらゆる可能性をお聞きしました。私がいろいろな演目や、これまでの上演写真などをお見せし、普段どのようにパフォーマンスしているのかを説明したのです。アポイントメントの時間は1時間でした。語りという世界を11時までに効率よく説明しなければなりません。

「あらかじめストーリーをお客様に伝えれば、40分くらい日本語で公演をしても大丈夫です。でもそれだけじゃだめですね。何ができますか?」と館長から言われました。全体を、休憩を入れて1時間~1時間半くらいにまとめ、その中に様々なプログラムを入れるとよいだろうということなのです。

私が手話語りを開発したことを話し、その場で「春はあけぼの」を、手話をつけてゆっくりと語ってみました。すると、「それは参加型のパフォーマンスとして、とてもいいですね」と言われ、プログラムを「鑑賞の公演」と「参加型のワークショップ」に大きく分け、ワークショップの中で小品を扱うことにすれば、公演はできそうだということになりました。そして、「来年の秋に公演をやりましょう!」と館長が言ってくれたのです。

ああ、ついに実現する、と一瞬、周りの音が聞こえなくなるくらい感激しました。今もその時のことを思い出すと、その瞬間の物音は全くなく、ただ、館長の柔らかい笑顔と、周囲の職員さんたちのほころんだ顔が明るい光の中でスローモーションビデオのようにクローズアップされて目に浮かんできます。

さて、11時を回りましたが、館長は、自席の机に戻るとすぐに、ネットで、既にドイツ語に翻訳されている日本文学のタイトルを丹念に調べてくれました。英語がわからない人も多いので、ドイツ語でなくてはならないのです。また、通訳の方にとっても、文学作品を通訳するのはとても難しいので、どうしても翻訳文が必要なのです。「走れメロス」は、ドイツ語に訳された本の実物がありました。「走れメロス」はどうしてもドイツで上演して紹介したい作品でした。館長は予定時間を過ぎてもご対応くださり館内にホールがあるので、下見しないかとおっしゃり、楽屋も含めて見せていただきました。そのあと、隣のデュッセルドルフ総領事館へも紹介してくださり、私は、そこでお別れして、デュッセルドルフへ向かいました。貴重な2時間でした。

文化庁文化交流使に

この訪問をきっかけに、ドイツとのメールのやり取りや、日本国内での情報収集などを行い、受け入れ先を複数箇所決めているうちに、平成26年度文化庁文化交流使に任命されたのです。そして、四苦八苦して、おっかなびっくりの旅をした経験が、後に海外上演を企画する上での基礎体力を多少培ったようです。

文化交流使とは、日本と海外の文化人のネットワークの形成・強化につなげるために芸術家や文化人等、文化に関わる人を「文化交流使」として海外に一定期間派遣する文化庁の事業です。私の場合、1カ月の派遣でしたが、その間に、決められた回数のミッションを果たさなくてはなりません。複数国への訪問も可能です。ただし、連続したツアーであることが必要で、途中帰国してしばらく期間をおいてからまた訪問するということはできません。任務を背負って期間中に責任を果たしてくる特使のような存在です。

私を受け入れてくれたところは、ドイツがベルリン、ケルン、デュッセルドルフ。トルコがアンカラ3カ所、イスタンブール2カ所、ヤロヴァ、カイセリ。計10カ所。

トルコは、以前より私が日本トルコ友好の物語の取材や自作の脚本、文学の翻訳のために、大使館を通じてアンカラ大学やボアジチ大学と連絡を取ったり、日本でトルコと交流のある和歌山の串本町や駐日トルコ共和国大使館との縁ができて情報交換したり、偶然ですが、長年仕事で関わりのある消防団の海外消防事情調査で、防災面でも関わりのあるトルコに行ったりして、いくつも縁がつながっていました。そして、受け入れ先もあったことから、ドイツ、トルコの２カ国へ送り出してくれることになりました。

期間は、平成26年（２０１４）11月15日～12月14日の１カ月間。

日程や飛行機、宿泊ホテルは全て自分で計画します。日程調整も自分で行うのです。途中帰国せず、ドイツとトルコが連続のツアーになることが前提ですから、各受け入れ先の都合を打診し、２カ国それぞれの滞在期間中にまとまるよう調整し、場所から場所への移動がスムーズにいくように組み立てます。これがとても大変でした。

受け入れ先の公演開催可能な日は、会場の都合、準備する人員の調達の都合、費用の都合などがそれぞれに違い、ばらばらです。それを、11月の中旬以降の２週間でドイツの各所、それに続く12月の前半にトルコの各所の日程をまとめ、行程を完成させるまでには、多くの時間がかかりました。しかし、これらの作業は、実は、とても楽しいものでした。一つ一つ旅の手配が実るたびに、至福の時を味わいました。

下準備中に、ドイツとトルコの大きな違いに出くわします。ドイツは、早め早めに決めて、チラシ、ポスターも素早く作り、極めて計画的に進めました。それにより、担当者がいったんこの件から手を離せる時間を作ります。担当者は、ほかにもたくさんの事業を抱えているので、作業を早く進めることにより、一つのことにずっとかかわりあうのを極力避けます。

一方、トルコは、直前の対応に柔軟でした。一説によると、あまり早くから決めない、という習慣があるのだそうですが。

おかげで、こちらの準備は、早期準備型と直前型とに、自然に期間を分けて作業ができたので、やりやすかったのです。

このように、仕事の流儀に両国の違いはありましたが、受け入れ先の皆様のご協力・ご尽力のおかげで、私の思い描いていたすべてのことを両国ともに実現できたと思います。本当に心より感謝しております。

この経験は、さらに2年後に、ドイツ・トルコを国際交流基金の海外派遣助成事業で再訪する際に、おおいに役立ちました。その時の公演については、また別の機会にお伝えすることとして…。とにかく、効率よく、進めることができたのです。

外国人向けの演目を決める

平野啓子

海外で取り上げた演目

文化交流使として、何を上演したら一番いいのか、今思えば、本当に時間をかけました。せっかくだから、ザ・日本でいきたい…。今回の派遣のミッションは、日本文学の音声表現や指導、そして、日本の伝統である「語り」文化や後に登場する「朗読」文化の紹介を公演や講義で行うことですから、日本らしく…。一方、相手国にもなじみがあって、興味をもってもらい、交流もしやすい演目も…。う〜ん。さんざん悩んで、結局、こんな風に分けてピックアップして上演することにしました。その演目は、出国２カ月前に壮行公演として皆様に開催していただいた「平野啓子語りの世界」（於・新国立劇場）で披露し、識者のご意見やお客様のご感想をもとに練り直し、ブラッシュアップしたものです。

日本文学の語り
「竹取物語」「走れメロス（太宰治作）」「春はあけぼの（清少納言作）」
「しだれ桜（瀬戸内寂聴作）」「藪の中（芥川龍之介作）」ほか。

富士山や桜の花見にまつわる話
富士山「竹取物語」「富嶽百景（太宰治作）」
桜の花見「しだれ桜（瀬戸内寂聴作）」「唱歌『さくらさくら』歌詞朗読」
「花見の由来の物語（平野啓子脚本）」

相手国に関わる作品
ドイツ　ドイツの詩人　ゲーテ「すみれ」、シラー「人質」、ハイネ「ローレライ」
「走れメロス（太宰治作）」（シラーの「人質」とギリシャ古伝説が原作なので）
トルコ　「エルトゥールル号の物語（平野啓子脚本）」
（日本とトルコの友好関係の礎になった実話を平野が取材してまとめた作品）

「稲むらの火（ラフカディオ・ハーン原作／中井常藏作）」

　トルコも地震が多く、防災関係で2国の交流も行われている。

　パワーポイントを使う公演会場の時には、「竹取物語」を中心に、日本画や写真の画像、笛の音源を使いました。日本画は、公益財団法人日本美術院同人・日本画家高橋天山《てんざん》、歴史画家小堀鞆音《ともと》の作品。

　写真は、私が新幹線の中から写した富士山のきれいショットと花見の時期のしだれ桜などの賑《にぎ》わいショットや花のアップショット。歓声が起こりました！笛は、望月《もちづき》美沙輔《みさほ》さんの音源を使わせていただきました。日本国内で「竹取物語」「古事記」などでよくご一緒している方です。メイクの篠崎圭井子さんや大阪芸術大学の卒業生で私の教え子の稲垣昂志さんも同行し、サポートしてくれました。

　公演のほか、講義・指導では、「走れメロス（抜粋）」「かぐや姫（竹取物語の口語訳で短くまとめてあるもの）」「源氏物語（紫式部作）」「春はあけぼの（清少納言作）手話語り」「初恋（島崎藤村作）」「雨ニモマケズ（宮沢賢治作）」民話「笠地蔵」「日本語の良さを日本語で意見発表する」「伝わる話し方」「日本語の発声」「語りの表現」など。

これら、みんな、客席の人たちが、熱心に、時に身を乗り出し、時に笑い、時に泣きながら聴いてくれました。各会場に、ドイツ人、トルコ人が客席いっぱいに集まってくださり、熱気があふれていました。その様子が、現地のテレビや新聞で大きく取り上げられました。日本のNHKや新聞社も現地取材でその様子を報道してくれています。ポスター・チラシ・プログラムや報道で、「語り」がそのままローマ字で「KATARI」と紹介されました。また私は、KATARIBE・CATALYST・STORYTELLERとして取り上げられました。（私は30年来この肩書きを使用しています。）日本国大使館、総領事館からも大変お忙しい中をご出席いただき、手話語りや詩の唱和のコーナーにも参加してくださいました。語りの指導も、外国人の方々が私の厳しい!?レッスンに、頭をかきかき、ニコニコして、どんどんついてきてくれました。もっといろんな作品を伝えたいと思いました。時間が無くなって、現地の公演会場を後にするときに、どの会場でも、主催者が、ああ残念でしょうがない、また来て～と名残惜しそうに、私の手を取ってくれたのです。本当なんですよ～。

「竹取物語」を海外向けにアレンジ

平野啓子

伝説を基にした古典作品の力を引き出す

「竹取物語」は、日本最古の物語文学、というところが特に海外に紹介するのにふさわしいのではないかと考えました。しかも、伝説がもとになっています。先に受け入れ先が決まったのは、ドイツです。ドイツには、地元に伝わる伝説を作品に仕立て上げ、その作品が世界へと伝わっていくという実例があります。それがヒントになりました。

音楽では、例えば、ハイネの「ローレライ」。ローレライ伝説がもとになっています。ローレライは人ではなく、岩の名前。ライン川の途中にあり、水面に突き出ています。このローレライの近くは船の難所で、美しい少女が岩の上にいて歌を歌い魅惑して、船員が舵《かじ》の手を休めてしまい、渦に巻き込まれて川に船が沈んでしまうという伝説があるのです。その伝説を、ハイネが詩として仕上げ、作曲家のジルヒャーが曲をつけました。今は世界的な名曲です。日本では、歌詞が翻訳されて歌われています。

そして、音楽だけではありません。グリム兄弟が言い伝えを文芸の作品にして、今や世界に伝わっています。ゲーテの「ファウスト」、「魔王」もしかり。伝説に興味を持った作者が、作品化したものです。

だからこそ、私は、伝説がもとになっている作品の持つ力を信じて、日本最古というキャッチフレーズで「竹取物語」をこの機会に伝えたいと思いました。

古文は日本人でも一言一句を理解しながら聴くのは難しく、聴き手がその物語に精通していない場合は、ざっくりと「ここはこんなシーン」と一塊《ひとかたまり》でとらえます。それでも楽しんでいただけるように行う日本での様々な工夫は、まず全部そのまま海外公演でも生かされます。そこで、日頃、日本人に向けて上演するときの手法を前提に、海外向けとしてどこが不足しているか、どこを改良すべきかを考えて台本を見直しました。

まず、上演前にあらすじや羽衣伝説からの流れを通訳の方に話してもらうことにします。次に、日本で行う30分、40分の台本を短くすることにしました。重要なハイライトシーンを5カ所抜き出して、古文を原文のままで伝えます。古文だけを全部足した長さは、2分半。これに、前説や所作をつけ、和歌を詠み上げると、7~8分になります。

古典の響きを伝えるのには、ちょうどいいくらいです。

さらに、そのシーンを表すタイトルを字幕で出します。たとえば、「かぐや姫の誕生―光る竹から生まれる」といった具合に、これをシーンごとにドイツではドイツ語、トルコではトルコ語で映し出します。これにより、最初に聴いたあらすじの中で、今どのシーンをやっているのかがわかるのです。

朱赤に青い鳳凰《ほうおう》の派手な振袖を選ぶ

衣装は、日本で女性が結婚するときに、よくお色直しに着る派手な振袖が良いと思いました。私が用意したのは、朱赤に青で鳳凰が描かれているものです。

以前、中国で上演した時に、平安時代を彷彿《ほうふつ》させる袿《うちき》にしたのは、中国の影響が色濃く出ている奈良時代の装束にするか、または、独自のスタイルを生み出した平安時代の装束にするかを考えた末の選択でした。今度は、また違う観点で選んだのです。

かぐや姫は月の国の人でいずれ帰らねばならないことを自分で知っているから、とうとう誰のところにもお嫁にいきませんでした。しかし、羽衣を着ないで翁媼《おうおう》に育てられているときには、人間の心が働いています。月に帰る前に、帝に手紙を書き、別れる今になってあなたが愛しい、なんて歌を詠んで送るのですから、結婚をしたくなかったわけではありません。

そこで、かぐや姫の本心が、本当は人間でありつづけて、人間の心でいたかった、結婚したかったのだということを象徴する意味を込め、衣装は、様々な派手な着物の中からわざわざそれにしました。

衣装を派手なものにしたのは、海外では日本人が思うほどには、派手と感じないからです。日本人の、淡いスモーキーなグラデーションなどは、ぼんやりと見えてしまいます。特に舞台ではパッとしなくなりそうなのです。それは、着物に詳しい多くの方々から聞いたことがありますし、実際、これまで、舞台以外でも様々な場で、私が着物で外国人と接した時に、相手の反応から感じていたことです。

ドイツのデュッセルドルフには、総領事館の職員で着物の着付けができるドイツ人女性がいらっしゃいました。日本が大好きで、日本語はもちろん普通に話せますが、着物に対する思いは熱く、公演の際の着付けはぜひ、自分にやらせてほしいとおっしゃいました。そこで、お願いすると、私が何本か持って行った帯締め帯揚げのうち、一目見てはっとする組み合わせで選ばれます。ドレスも、念のため持って行った数着の中から「どれがいいですか？」と聞くと、迷わず、はっと目を奪われる方をお選びになるのです。大変参考になりました。

トルコは特に派手なものが好きな人が多いことは、以前の訪問で折に触れて感じていました。きっと、この振袖は派手と思ってくれるだろう、と思っていたら、「まあ明るいほうですね。派手というほどではないです。トルコで派手と言ったら、もっと華美なものをいいますから」と言われました。私の着物にスパンコールのような光るものが入っていたらまた違ったでしょうか。

かつぎは小袖《こそで》にしました。

着物はもう一種類、他の演目で黄色の小紋を着ました。秋のヨーロッパの紅葉の色です。ヨーロッパの紅葉は紅が少なくほとんどが目に鮮やかな黄色です。前年の同じ時期にそれを見ていたので、同じ色の着物を用意したのでした。舞台の挨拶で私が、「この季節の樹々の葉の色に合わせました」と言うと、お客様は「へえ～」と珍しそうな表情をしました。そこで、私は「日本人はこのように季節感を生活の中に取り入れるのです」と話しますと、「なるほど」と深くうなずかれました。この着物も大変好まれました。

今これを読んだ方は、「語りなのに、衣装が目立っていいの？」という疑問がわくでしょう。その通り、それはよくありません。しかし、「目立つ」原因には、単に色彩が派手かどうかということ以外のものもあります。自分の好みでないものが目の前にあると、あまりいい気持ちがしません。違和感を感じることもあるでしょう。それも、「目立つ」に入るのです。好まれるものを身に着けておくならば、受け入れられて、演出効果が上がるのです。

語りの場合、手振り身振りを補足的につけます。かぐや姫が手紙を書く場面では、扇を紙に見立てて、書き付ける所作を入れたり、天人と戦う場面では、弓をつがえて引き放つ所作を入れたりします。お芝居と違い、実際の動きの一部分しかしないで、途中でその動きが消えて、次の所作に入ることが多いのです。例えば、手紙を全部書き終わるまで手を動かすことはありません。書いている途中で、手紙を持っている手も、筆を動かしている手も、いつの間にかそっと下に降りていることもあります。

まるでスローモーションのような動きであっても、そこに「気」が入っていると、迫力が出るものです。特に海外では、語りの所作はその方が、効果が高いと思いました。

語り口は二まわり大きくする

逆に、語りそのものに関して言えば、強弱・緩急・声の伸び縮みなどを、日本にいるときより、一まわりか二まわり大きくするほうが、わかりやすく伝わります。これは、相手の日本語への理解度とは別に、日本語の音節の構造と音節数に起因するところが大きいと確信していますが、これは、この後の項「日本語は外国人にどのように聞こえているのか」(171ページ)で書いているので、そちらをお読みいただきたいと思います。

和歌の部分は、字幕へ五・七・五・七・七の韻律《いんりつ》がわかるように、ローマ字表記をしました。例えば、

I ma wa to te(5)　　今はとて
A ma no ha go ro mo(7)　　天の羽衣

というように。

前もって、作中に和歌が登場することと、和歌は三十一文字で作られリズムが七五調であることを説明しておきます。上演中、字幕でその音節数がローマ字と数字で表されれば、前説での解説を思い出して、確かにそうだと確認できるのです。

竹取物語は古典のため、両国各地の公演では、聴き手が「日本のトラディショナルな文学をトラディショナルな文化である語りという手法で聴きます」という心構えで聴いてくださっていたと思いました。私のパフォーマンスから何かを感じ取ろうとする観客の目に、こちらも吸い込まれるようでした。和歌のところで実際の歌のように節をつけたところ、全体の中でアクセントになり、より引き締まった上演になったと思います。

アンカラ大生に、客席に語りかける指導

トルコのアンカラ大学は、日本文化を教える学科があり、そこでは、学生が多くの日本の名作文学を学んでいます。大学の講堂で、私はそこに集まった学生を舞台に上げ、客席に向けて語りかける指導を、発声や文学作品の語り・朗読で教えました。

前日の土日基金文化センターの「語り」公演で通訳を立派に務めた女子学生が、「竹取物語」を好きで、私の来訪に合わせて冒頭を暗記したというので、舞台のセンターで語っ

てもらいました。私は彼女の語りを聴いて、かぐや姫の美しさを表す「美しうていたり」の「美しう」をもっと強調し、本当に美しい様子に感動しているように語って、と指導したら、すぐに直して、とてもいい感じの冒頭になりました。

ちなみにトルコでは、「つ」の発音が自国語に無く、難しいのだそうです。けれども、彼女は、「竹を取りつつ」の「つつ」がとてもきれいに発音できていました。よほど練習してきたのでしょう。

少しでも多くの作品を、というアイシェヌール・テキメン学科長の希望があり、私がトルコ各地で上演した作品のほか、島崎藤村の「初恋」や宮沢賢治の「雨ニモマケズ」、「走れメロス」「源氏物語」「平家物語」なども教えました。「初恋」は、男女ペアで皆の前で練習することにし、希望者に手を挙げてもらうと、「私たち付き合っているんです」と本当の恋人二人が舞台に上がってきました。二人向き合って男子学生が読み始めると、女子学生が、うれし涙を流し始め、彼が読み終わった後、「彼の優しい愛情が伝わりました」と涙声で感想を漏らしたのです。ごちそう様！

トルコには、富士山と似た山がたくさんあります。例えば、ノアの箱舟が大洪水の後に流れ着いたとされるアララト山をはじめ、アンカラになじみのある山ではハサン山、カイセリにはエルジェス山がありますので、竹取物語の上演後に、ドイツと同様、私の撮影した富士山を出すと、「おー」とすぐに声が上がり、「皆さんのお近くで似た山はありますか」と聞くと、客席のあちらこちらから、山の名前が飛び出します。地元でも、それらの山々は人気があり、むしろ富士山を私の写真で初めて見た人は、日本に親しみを持ってくれたようです。終了後に、地元の山の写真を見せてくれたお客様もいらっしゃいました。エルジェス大学での公演に向う途中、綺麗なエルジェス富士が見えました。桜は、日本の花として、トルコでも文句なく共通認識になっています。ただ、一般のトルコ人は、桜と言って連想するのは、花より実なんだそうです。

日本・トルコ友好の物語も語る

平成26年（2014）は、日本・トルコ国交樹立90年、翌年が友好の礎となった出来事から125年という節目でした。それで、「エルトゥールル号の物語」の語りも各地で希望があり、アンカラ、イスタンブール、ヤロヴァ、カイセリなどで語ってきました。

トルコの親日の理由の一つに、和歌山県串本町の紀伊大島沖でトルコ（当時のオスマン帝国）の軍艦エルトゥールル号が沈没する際に、船から投げ出された人たちを村人たちが必死で救い、生存者を日本の軍艦で本国まで送り届けた出来事があります。当時の村人は、大きな体のトルコの負傷者を背負って、３人がかりで海岸の急な斜面を50メートルも上まで次々に運んだり、トルコの人たちの体を懸命に温めたり、自分たちにとっても大切な卵や鶏を差し出して食べさせたりして献身的な救助救護活動をしたのです。本国に帰った生存者たちがその話を後世に伝えたのでした。私は、15年かけて自分で取材したその物語の台本とトルコ語の翻訳文（アンカラ大学協力）を携えて、この地に来ていました。トルコでは、日本文学を音声表現で伝えることと、日本とトルコの友好に結びついたその話を伝える２本の柱があったのです。

実は、トルコの人はこのエピソードがあることを知っていても、詳しくは知らない人が多いのです。これを語ったとき、涙を流した人が多く、終了直後には観客が舞台のところまできて、これからもっと友好を深めたいという方も多くいました。過去に、民間レベルで生命を助けあった歴史は、かけがえのないものですね。

「しだれ桜」で男女のかなわぬ恋を伝える

平野啓子

花見のシーンが神秘的と語る共演者

文化交流使が決まった時、私は、ぜひ「しだれ桜」を海外でも上演したいと思ったのです。その気持ちが凝結し、実現に向けての行動に移りました。

そして、ドイツ・トルコでの上演が実現しました。

男女のかなわぬ恋―これはよく伝わりました。恋愛は人類の普遍のことだと、外国人を前にはっきりと知らされます。シーンによっては、男性客が、いかにも心当たり有りというように、にやりと笑ったり、奥様と並んでお聴きになった殿方は、奥様から、まるであなたのことよ、と言わんばかりにつつかれていたりして、私も楽しかったです。

登場人物の男性のプレイボーイぶりが描かれているシーンでは、大爆笑が起こりました。日本と反応が違うとしたら、客席の反応が大きく、わかりやすいことです。

ベルリンでは、外国人の共演者と「輪誦」で行いました（「輪誦」については第四章で詳しくご紹介します）。小説を一節ずつ、日本語とドイツ語で交互に伝えていく方法です。場所は、ベルリン日独センターのホールでした。共演者は、ヘルフリッチェさんという、グリム童話を暗誦する女性の語り手で、70代のベテランです。日頃、パペット劇場（人形劇場）を借りて、語りの会を開催しています。

ヘルフリッチェさんによると「しだれ桜」の物語は、花見のシーンがとても神秘的だと言います。

「まずは、花見そのものが不思議です。ドイツ人ならば、花を観賞するのなら、離れたところから花の表側を眺めて、ピクニックをするでしょう。けれど、日本人はわざわざ花の下で、花の裏側を見てピクニックをするのですね」と。

また、「主人公の女性が、もし輪廻転生があるなら、今見ているこの桜に生まれ変わりたいと思うことが、また不思議です。人間が人間でなく植物に生まれ変わるということが…」と。

「そして、その不思議なところに恋心を重ね合わせているので、桜と女と男の三者の間を結ぶもの、空間が、とても神秘的で幻想的に伝わってきます。それで、その空間に夢のような美しさを感じて、私は好きです」とおっしゃいました。

私は、日本の花見の由来を説明しました。古代、田の耕作の直前に咲く桜は、田の神様が宿ったのだと考えられていました。「田」を昔は「サ」と言っていました。早乙女や五月など、文字は違いますが、「サ」という音が残っています。桜は「サ」の神様が宿る坐《クラ》だから「サクラ」と名付けられたとも言われます。そして、花の咲き方を見て、その年の秋の実りを占ったそうです。ハナミの「ミ」は手相を見ると同じ、占うという意味なのです。占うだけではなく、桜の下にお酒や食べ物を捧げて五穀豊穣を願いました。そのお下がりを頂いて自分たちが宴を開いたのが、民衆における花見のはじまりです。これは、民俗芸能の視点からの主な説だということです。

サクラの名の由来については、言語学的には、古代の神様の名であるコノハナサクヤヒメにみられるように、「咲く」という言語が大きく関係しているという説があります。

また、歴史的には、高貴な人の間での桜の花見が行われ、平安時代には嵯峨天皇が盛大な花見の宴を開き、その後、仁明天皇の時代になって、京都御所の梅の木が枯れてしまったときに、桜の木に植え替えて桜を愛でるようになりました。日本の代表的な花として認識が定着したのは、室町時代であるという説があります。

諸説を伝えると、とても興味深そうに聴いてくださいました。

心を込めて声の響きに乗せること

ステージ上の段取り打ち合わせもすまし、輪誦の読み合わせもしました。ヘルフリッチェさんは、落ち着いたムードのあるお声で、作品世界をしっかりととらえて表現してくださいました。交代するときにも、ぷつんと途切れるような感じはなく、二つの国の言語が、なめらかにつながっていきます。

ヘルフリッチェさんに、言葉を発するときにどのようなことに気を付けているのか聞いてみました。

ヘルフリッチェさんは、ドイツ語のありがとうを意味する「ダンケ」を、心を込めない時と、込めた時の両方で表現してくれました。すると、声の響きが二者で全く違うのです。もし、意味が分からなくても、心を込めた時の「ダンケ」であれば、感謝の意が伝わってきます。私は、自分がかつて日本の国語教科書に、声の表情一つで同じ言葉でも伝わり方が全く違うという内容を、発声練習の単元で執筆したことを伝えました。ヘルフリッチェさんの顔が明るくなりました。ヘルフリッチェさんと、この「声の表情」の共通認識を確認できたときに、共演者としての心が一気に寄り添ったと思います。

演目は、「竹取物語」「春はあけぼの 手話語り」「しだれ桜」「人質（ドイツの詩人シラーの詩で「走れメロス」の原作）」。「竹取物語」「春はあけぼの」以外は、すべて輪誦の語りにしました。古文の2作品は字幕に各シーンのタイトルを表示するにとどめ、あとは、事前の通訳であらすじの紹介をしていただくことにして、古文原文だけで上演しました。

この年、平成26年（２０１４）は、ベルリン東京友好都市提携20周年に当たりました。ベルリン日独センターでは、この語り公演を、その記念事業として開催していただき、職員の方が総力を挙げてくれていました。日独センターには、同時通訳システムが完備されていて、定員１００人が聴けるイヤホンがあります。当日も満席の１００人がご出席でしたが、挨拶、あらすじ、フリートークなどは、同時通訳してもらいました。職員の方がその役を引き受けられ、見事な同時通訳をしてくださいました。

輪誦の効果は、日本語の語りに集中して聴いてくれたことでした。それにより、日本語がどんな響きを持っているのかを敏感にキャッチし、日本語とドイツ語、二つの言語の響きを楽しんでくれていたのです。

また、言語の違いを越えて、2人の表現方法の違いを感じ取ってくれます。声のみでなく、目線、目の輝き、身体の揺れなど、日本人以上に何かを知ろうと見てくれるのです。ドイツ人は特に、公演の最後に質疑応答があると知ると、その時に質問するために熱心に聴く傾向があるといいます。

ブーイングが起こる国の真剣な質疑応答

質疑応答は、驚くほど長引きました。質問や感想が次から次と続くのです。それは、驚くほど厳しい質問の数々でした。日本との国民性の違いを見せつけられるものでした。

最初に一番前で聴いていた女性が、勢いよく手を挙げました。

「日本の語りを本日初めて聴きました。シラーの『人質』の平野さんの語りがとてもよかったです。断然ドラマチックで、迫力があり、どんどん、夢中になって聴くことができました。ヘルフリッチェさんの語りは変化が少なくあまり訴えてくるものがありません。これだと、日本の語りのほうがずっといいと思われてしまうでしょう。『しだれ桜』の時には、お2人のパフォーマンスが拮抗《きっこう》していたと思いますが、『人質』はヘルフリッチェさんのパフォーマンスが弱いです。いっそ、（平野を）役者さんと共演させた方がよかったのではないでしょうか。ミスキャストのように私は思いましたが、どなたが選んだのですか?」

ミスキャスト!?これを、本人を前にして満座の席で言われるのです。私は緊張で、背中から頭にかけて、急にかっと熱くなるような思いでした。こういう質問が自分にかかってきたら、私はどういう対応を取ればよいのでしょう。

最初の質問に対しての答えを、ヘルフリッチェさんと、私の両方に求められました。まず、ヘルフリッチェさんは重い表情ながらも、このようなシチュエーションはよくあることという風に、落ち着いてこう答えました。

「いいんじゃないですか。日本には日本の、ドイツにはドイツの語りがありますから」

今度は私が答える番です。私は顔までかっと熱くなったままで、

「私の表現が、海外であることを意識して、いつもより大きくなっています。『人質』は、特にそうなりました。日本では、ヘルフリッチェさんの語りに好印象を抱かれる方も多いと思います。今日のヘルフリッチェさんの出演は私が希望しました」

続いて、すぐに別の観客の手が挙がりました。

「私は全く反対の感想です。私は平野さんよりヘルフリッチェさんのほうがずっとい

いと思いました。平野さんは、『しだれ桜』の時にはとてもイメージがしやすく、雰囲気もありました。『しだれ桜』は平野さんのほうがいいかなと思って聴いていたのです。けれども、そのあとの『人質』はよくありませんでした。表現が大げさすぎます。ヘルフリッチェさんのほうが、私は自分の想像に任せられるところが大きかったのです。それぞれの個性もあるでしょうが、私はヘルフリッチェさんのほうが断然上だと思いました」

ああ、恐れていたことが…今度は、私に来てしまった！これが、コンサートなどで、不満があるとブーイングが起こる国の反応なのです。このイベントの担当職員の方がすばやく通訳します。そして、この感想に必ず回答しなければならないのです。

私は、日本語の音節が「子音＋母音」の組み合わせになっていて、必ず母音が響いて連なり、表現を大きくしたときに、その連なりが大きくうねって起伏が生じることと、その音節ゆえに、もしヘルフリッチェさんのように私が静かに日本語で伝えたら、控えめでおとなしく感じて、「人質」では途中で飽きられてしまう可能性があることを話しました。それに対して質問者が、「いいえ飽きないと思います。今度試してみてください。それを聴いてみたいです」と言いました。

さらに、ここで、一番後ろの席にいらした現地在住の日本人から、いきなり手が挙がりました。日本人も来ていたことがこの時わかりました。

「『春はあけぼの』は、京言葉のアクセントにすべきではないか」との指摘です。このドイツで、ほとんどがドイツ人のお客様の集まりの会場で、かなりの専門領域に踏み込むこの質問が来るとは…。

私は次のように回答しました。

「当時の京都の言葉を話す人は、今は京都にもいません。録音もないから、そのアクセントは推測するしかないのです。また、都の言葉、という視点で考えれば、現代では、今の共通語がそれにあたります。私は、共通アクセントで語りましたが、トーンは柔らかくはんなりと語っています」

ヘルフリッチェさんが助け船を出します。

「グリム童話の言葉も古典です。私はグリム童話をドイツの標準的なアクセントで語っています。今、ドイツのどこを探しても、グリムが住んでいた土地に行っても、その言葉を話す人がいず、本当のアクセントがわからないのです」

え、グリムは古典なんだ！と、隣で聴いていた私は声を上げそうになりました。

そして、2人の一致した意見は、こうでした。

「その時代のその土地の言葉でやるのが理想かもしれませんが、それと同じアクセントがわからない今、共通語でやるのは決して悪いことではない」

さらに、

「共通語の中に、共通語ならではのとても美しい音色があります。共通語で語ることで、古典にその美しい響きが加わって相手に届くのです」

この他にも、暗記する方法やドラマチックに伝えるための手法など、質問は尽きず、10分の予定だった質疑応答が30分に及んでも、まだ終わらないので、やむなく打ち切りました。

日本ではシンポジウムなどで10分の時間があっても、誰も手を挙げないことが多く、やっと、観客のひとりが気を使って弱々しく手を挙げる光景をよく見ます。そして次の質問者は出て来ず、司会者が、「他にご質問がございませんので、これで終了いたします」と締めるのが定番ですよね。

ヘルフリッチェさんたちの語りの会

2日後、ヘルフリッチェさんの語りの会が開かれ、聴きに行きました。その会は、いつものパペット劇場ではなく、閑静な住宅街の一角にある、住民の皆さんで管理運営する小スペースの建物で行われました。

住民の積立金を使って、会場を無料で借りられる仕組みが取られており、定期的に様々なイベントが開かれています。入場料があることもあれば、無料の時もあります。また、演出にお金をかけたいときは、出演団体が費用をたすことができます。

平土間のフロアに、高さ30センチくらいの3畳敷きほどのステージが設けられ、そこに絨毯《じゅうたん》が敷かれ、椅子があり、椅子の左右には、枝のように広がった鉄の燭台《しょくだい》の枝々に赤い蝋燭《ろうそく》をともしていました。絨毯の片隅に、その日の公演の題材であるオスカーワイルドの古書が置いてありました。

ヘルフリッチェさんのどらの音《ね》とともに、お弟子さんの語りが始まりました。壇上に置かれた本は、飾っているだけで、それを見るわけではなく、私たちのほうを向いて自由に両手を動かしながら、語りかけてきます。11月20日、クリスマスはもうすぐそこ。クリスマスにちなんだ作品でした。オスカー・ワイルドはイギリスの作家です。英語をドイツ語に訳した翻訳文で語られていました。途中の休憩では、後方部に用意されたキッシュやワインなどが並び、自由にお皿に取って食べるなど、実に楽しい催しでした。

今度はぜひ、ドイツ語のグリム童話をヘルフリッチェさんの語りで聴いてみたいです。

最近、子母澤さんに、ヘルフリッチェさんやヘルフリッチェさんのお弟子さんが語っている映像をお見せしたら、意味が分からなくてもどの人のも全然飽きずに聴いていられる、とおっしゃいました。これは、ドイツ語という言語のもともと持つ音の変化、一つの単語の中に現れる強弱高低の起伏が日本語よりはるかに激しいことによります。特にヘルフリッチェさんの言葉の響きは、ずんと胸に来るらしく、子母澤さんも気に入ってくれました。

もう一つは、ヘルフリッチェさんは本を持たずに暗誦していて、観客に目線を置くのです。共演していただいたときには、お渡ししたばかりの台本だったので本をお持ちになりましたが、それでも台本には一瞬目を落とすのみで、すぐに観客に語りかけるのです。つまり、直前に手に入れた台本でも、上演前までに覚える作業をしていることがわかります。このことで、客席とのアイコンタクトの分量が語りと同じくらいに多くなるのです。このアイコンタクトが、観客を飽きさせない力になっていることは確かです。

デュッセルドルフのマイト・ピアさん

デュッセルドルフでは、ヘルフリッチェさんに代わり、司会業の女性、マイト・ピア・智子さんが輪誦語りの共演をしてくださいました。皆からマイト・ピアさんと呼ばれて親しまれている方でした。

彼女はとても意欲的で明るく、気持ちの良い方です。衣装はどれにしましょうかと、何着も手持ちの衣装を持ってきたりもしました。一緒に選び、「しだれ桜」の輪誦語りや「春はあけぼの」の手話語りの時は、銀のラメが入った黒地に上から下までピンクの桜の花びらが雪崩れるようにあしらわれたロングドレスにしていただきました。

会場は、ハインリッヒ・ハイネ・デュッセルドルフ大学の教室で、日本文学を勉強している学生が対象です。

マイト・ピアさんと、輪誦をとてもいい感じでできました。

他の会場と同様、「竹取物語」、「人質」も上演しましたが、大学の名称にちなんで、ハイネのローレライの詩の日本語訳を皆で唱和し、歌も一緒に歌いました。これはちょっとした交流の時間です。

このステージでは、総領事館の職員で着付けのできるイエシュケさんにも手伝ってもらい、私に同行したメイクの方と二人がかりで、衣装の早替えをしました。こうしたショーアップもいろいろ織り込みましたが、あくまで、語りの基本を崩さない範囲のサプライズ・パフォーマンスです。

学生は、日本文学を勉強しているだけあって、竹取物語を聴くときの目力が違いました。竹取物語は、フロアの場所を移動しながら語るのですが、その私をじっと追う目の目線が、まるでピンと張った糸で私の体とつながっているかのようでした。足の運びや扇の扱いなど所作にも視線が集まるので、緊張します。以前より、竹取物語を上演するために、仕舞や茶の湯を勉強し、少しはましになったのですが、ちゃんとできているかしらと、身が引き締まるようでした。

竹取物語の最後のシーンに富士山が登場します。語り終えた直後、このデュッセルドルフでも、私が新幹線から写した富士山の写真を投影すると、すごく喜んでくれました。そして、聖徳太子が神馬で富士山を飛び越えたという「聖徳太子飛翔伝説」を、歴史画家・小堀鞆音《ともと》の日本画「聖徳太子馭神馬到富嶽図《しょうとくたいししんめにのってふがくをのぼるのず》」で雲に沿ってかけのぼっていく聖徳太子の姿とともに話したら、これが、予想外に大うけしました。この話は、他の訪問先のどこでやっても富士山を飛び越える場面でどよめきが起こった作品です。

「春はあけぼの」に感じる諸行無常？

学生にぜひ日本の古文を声に出してもらいたいと思い、大変短い、清少納言作「枕草子」より「春はあけぼの」の手話語りをみんなでするこことにしました。

教室は半円のすり鉢状で、底にあたる部分に小スペースがあり、その後ろの壁に黒板やスクリーンがあります。スクリーンには、「しだれ桜」で使った桜の写真がまだ投影されていました。

それをそのままにし、マイト・ピアさんに私の説明を通訳してもらいます。それから、原文です。手話の動きにあわせるので、語り口はゆっくりとなり、口ずさみやすいのです。手のひらを前方に向けて重ね、それを上の方から左右に開いたり、右手の人差し指で、山の稜線を描いたり、両手の親指と人差し指を使って雲をふわふわと描いたり、手話を舞台用に大振りにして、声に出してもらいます。金、茶、黒の髪のドイツ人学生90人が、朗らかに笑いながら口を動かし、皆で一斉に同じ手の動きをします。みんな、とても楽しそうです。何よりもそれで古文を声に出してくれるのが嬉しいことでした。

そして、私はこの演目の時に、ドイツの学生たちに必ずしようと思った質問がありました。それは、同年7月にトルコを訪れた時に、「春はあけぼの」の翻訳で、翻訳者との折り合いをつけるのに時間がかかった箇所のことです（詳細は第四章に記載）。秋のところで、カラスが巣に帰る下りで、「三つ四つ、二つ三つなどとびいそぐさへあはれなり」の部分です。3、4　2、3という数字の順番が不自然でおかしい、並べ替えて翻訳したい、という指摘を受けた箇所でした。

私は学生たちに、問いかけました。「3、4　2、3」の数字の並べ方が不自然だと思いますか？また、何故、このような数字の並べ方になっていると思いますか？

すぐに5～6人の学生が、勢いよく挙手しました。その中で、一番元気に、腕をまっすぐ天井に向けて手を挙げた女子学生がいました。手を挙げながら、らんらんと輝く目を私に合わせています。全員の中では、少しほっそりした小柄な学生です。既に、授業で習ったのでしょうか、自信を持って手を挙げています。きっと、この学生ならば、作品の行間に潜む時間経過、その中に趣を感じている清少納言の感性、姿などを答えてくれるに違いありません。私は、迷わずその学生を指しました。

すると、学生は、つやつやと顔を照り輝かせて、答えました。

「はい！これは、諸行無常を表していると思います」

え？？？

「人生は、3、4と大きくなって繁栄しても、ある時、衰退して2に戻ってしまい、再度、2、3からやり直さなければならないものだ、ということだと思いました。栄華がずっと続くわけではない。清少納言は、そういうところを、自然の風景と重ねて描いている。やはり、日本を代表する素晴らしい作品だと私は思いました」

これは思いがけない角度から来たものです。そして、他に手を挙げた数人の学生は、彼女の方を見て、うんうんと大きくうなずき、「さすが、あなたね」と称える風情です。聞くと、教わったのではなく彼女自身で考えたことだといいます。

ここまで深く読み込もうとすることには舌を巻きました。あるいは、ドイツ人にとって、このような仮説を立てでもしなければ、納得できない数字の順なのでしょうか。

私が、学生に、日本人がこの文章から通常感じることを話すと、え？そんな簡単な答えで良かったの？というような、拍子抜けしたような、また、安堵したような表情を一同がしました。

「走れメロス」に涙したケルン市民

ドイツの最終公演はケルンです。

昨年訪れたケルン日本文化会館にたどり着いたときには、まるで故郷に帰ってきたような錯覚を起こしました。あの訪問で、たくさんのことを学びました。それがこのミッションに大いに生かされたのです。

ケルン日本文化会館は、ケルン駅から地下鉄と路面電車で20分ほど乗り継いだ、木立の中の敷地にあります。

館長が玄関に迎えに来てくれました。ワーッと互いに顔をほころばせました。

（といっても、前日のデュッセルドルフでの地元の読み聞かせグループとの総領事主催晩餐会に、館長がわざわざいらしてご出席くださり、そこで私はさんざん懐かしみ、お礼を申し上げていましたが…）

ケルン日本文化会館でも、マイト・ピアさんとの共演で「しだれ桜」を上演。マイト・ピアさんが主人公の女性に見えてくるほど、気持ちが入った音声表現をしてくれました。

この公演では、シラーの人質に代わって「走れメロス」を上演。原作のシラーの詩「人質」

とストーリーはほとんど同じですが、原作では、主人公は走っていません。また、メロスが途中で力尽きて倒れたシーンでの心の葛藤《かっとう》の描写と、冒頭と最後のメロスのシーンは太宰のオリジナルです。太宰は、王様の物語ではなく、一市民であるメロスの物語にしたのです。

この翻訳本が、ケルン日本文化会館にあったのを、昨年確認していました。そこで、最初にあらすじと解説を入れて、あとは字幕で上演することにしました。この作品が、どのように受け止められるのか、大変興味がありました。

いよいよ本番。私は、総絞りの振袖をドレスにした薄紫の振袖ドレスを着て、ステージの中央に進みました。

語り始めて、すぐに、自分の語りが小さい、これはまずい、と感じました。今一つ、客席の空気が引き締まらないのです。語り手である私の吸引力も、なんだか乏しく頼りない感じがします。そこで、客席の反応を見ながら徐々に大振りの語りにしていきました。そして、ちょうど客席が程良い緊張に包まれ、皆が私に集中してくれていると感じたところで、語りのふり幅を固定しました。

こうして大きなうねりで語っていると、字幕のほうにばかり目が行くことは無くなりました。皆が、集中してきて、客席の空気が引き締まってきたのを感じました。ああ、そこで、お客様が涙を流し始めたのです。中には、ハンドバッグから大判のタオルハンカチを出して、顔を覆うように涙を拭《ふ》き続けている方がいます。ベルリンとデュッセルドルフで原作のシラーの詩「人質」の時には、涙の反応はまったく感じられませんでしたが、「走れメロス」を語り終えた後は、客席からいつまでもいつまでも拍手が続きました。

私は、この時ほど「走れメロス」に誇りを持ったことはありませんでした。太宰は、古伝説やシラーの詩に材を取り、それを普遍的な名作にまで高めて、このような素晴らしい日本文学を生み出したのです。

この公演では、しだれ桜をやはりマイト・ピアさんと輪誦語りをして、そのあとは、「さくらさくら」の歌詞を皆さんと朗読し、歌いました。メロディーを皆さんご存じでした。

イスタンブールのボアジチ大で公演

クリスマスに賑わうドイツを後にして、ボンの空港から、トルコのイスタンブール・アタテュルク国際空港へ。

降り立つとがらりと空気が変わりました。何かが全く違うのです。タクシーに乗って、在イスタンブール日本国総領事館へと向かいました。12月1日でした。大部分をイスラム教徒が占めるトルコでは、この時期クリスマスシーズンではありません。

ヨーロッパやアジア、アフリカにも近く、歴史的に行き来があった国で、ざっくりと言うなら、オスマン帝国の時代から、東西を結びつける中東を代表する大国です。国土は日本の約2倍。ドイツはとても大きく感じますが、国土は日本とほぼ同じ、いえほんの少し小さいくらいですから、トルコは日本やドイツよりも、広い国です。そこに、髪の色も目の色も様々な人たちが暮らしています。見る限りは、ドイツに比べて、髪の毛の黒い人たちが多く見かけられ、スカーフをかぶっている女性もそこここにいます。

ドイツでは、私が、ノーメイクでトレンチコートを着て、顔の表情を微動だにせず緊張して歩いていると、その能面のような顔が怖いのか、はたまたキョンシーのように見えるのか、またはドイツ人がシャイなのか、たいていのドイツ人は、数メートル手前から私をよけて通りました。もしかすると、マスクをしていたからかもしれません。ドイツ人は、よほどのことがない限り、マスクをしないのだそうです。

けれども、トルコでは、同じ状態で歩いても、よけることはありません。むしろ、おやっというように、こちらに気づき、しばらく親し気な目でこちらを見ているのです。そして、タイミングを見て、チャンスがあれば私に話しかけてきます。人懐っこい国民性かとも思えますが、話しかけてくる言葉はこうです。

「日本人ですか?」

そう、トルコの人たちは、日本に格別な親しみを感じているのです。親日国とよく言われますが、現地に滞在すると、明らかにそうと分かります。

イスタンブールでは、同年夏に打ち合わせをしたばかりの、トルコの詩人でボアジチ大学人文学部准教授で翻訳通訳学科の学科長を務められたオウズ・バイカラ氏とその上司セルチュク・エッセンベル先生とまずお会いしました。セルチュク先生は、元ボアジチ大学歴史学科学科長で、現在は同大学名誉教授でいらっしゃる女性の学者で、日本の歴史と文化の研究成果に対して、かつて日本国から勲章も授与されています。

公演のプログラムや輪誦語りの話をしましたら、セルチュク先生が公演のご鑑賞、そして、ご来賓としてのご挨拶を頂けることになりました。

バイカラ氏に「しだれ桜」の語りを指導

リハーサルは、ボアジチ大学の研究室で行いました。「しだれ桜」は日本語とトルコ語の交互で行う輪誦の語りにするのですが、その稽古をする前に、バイカラ氏が言ったのです。「男女の会話のシーンでは、男性の日本語のセリフも私にやらせてもらえませんか？」

もちろん、私は大歓迎です。

「では、平野さん、私に教えてください」

早速、そのセリフの稽古を始めました。

バイカラ氏は、日本語を流ちょうに話せる人です。しかし、文学作品の語りは、ただ日本語が話せるからと言って成立するものではありません。そのあたり、バイカラ氏が、わざわざ習おうという心がけは素晴らしいものです。

場面は、主人公の昌子が、男の松井が泊まっている京都の百姓家の離れに連れて来られた時の会話で綴られています。

《私、別に宿をとらなくてもいいのかしら。
昌子がその部屋を見まわしてつぶやくと、松井はあっさりいった。
どうして？ここの人はぼくのかみさんだと思ってるよ。
まあ、そんな、後で奥さん来られないじゃありませんか。
仕事先に来ることなんかないよ。
松井さんは、しょっちゅうこんなことしてるの？
しょっちゅうってことないけど……まあ……
そんな悪い人とは知らなかったわ。
気がつくのがおそかったね。
松井は笑って、また無造作に昌子をひきよせた。》

（「しだれ桜」瀬戸内寂聴作より）

しかし、松井のセリフを、バイカラ氏が語ると、やたらと明るいのです。
《しょっちゅうってことないけど……まあ……》のセリフは、イタリアのオ・ソレ・ミオ─私の太陽！みたいに朗々となってしまうし、《気がつくのがおそかったね。》のセリフも、まるで、食事の席でおいしいものを食べた時に、一緒に食べている人に、「美味しいねー」と目を丸くして喜び合っているような、そんな感じになるのです。

私は、何度もダメ出しをします。

「たとえ男性のセリフでも、声はもっと落として、ちょっと控えめに、何か、たくらみといたずらっぽさを内に秘めている感じで、はい、もう一度！」

「ダメ！それじゃ日本の女性を口説けないわよ。もう一回！」

急な提案で公演の日にちが目前に迫っているので、鬼の特訓です。

ようやく、そう、それよ、と上演できる表現の段階まできたところで、それを定着させるよう何度も繰り返してもらいました。バイカラ氏は耳が良いので、大変早く上達しました。それでも、結構このことで時間がかかり、研究室を出なければならない時間になってしまいました。

イスラム教に「生まれ変わる」世界観はない

翌日も研究室でリハーサルをしました。その時のことです。

しだれ桜の作中で、主人公の昌子が、桜を見上げて、この桜に生まれ変わりたいという場面があります。この部分の翻訳について、バイカラ氏からこのように相談がありました。

「イスラム教には、生まれ変わるという世界観がないのです。だから少し、表現を工夫したい」

私は、7月の「春はあけぼの」の、鳥が飛ぶところの翻訳で1時間も議論したことが頭をよぎりました。本番直前の時間も限られている中で、あのような議論はできません。けれども、バイカラ氏の顔の表情を見ると、あの時よりも深刻そうです。

「このままを訳したら、トルコの人は、これはおとぎ話だと思い、大人の男女の物語として聴けなくなってしまうでしょう。こんな素敵な恋愛小説なのに」

理由を聞くと、「多くの日本人はそうした生まれ変わるという世界観を持っています。ところが、イスラム教では、死んだらすべてが無くなるという考えです」ということでした。私は拍子抜けしてしまいました。では、桜が美しく描かれている物語のヤマ場で、女の気持ちがもっとも高まっていくロマンチックなシーンに、ロマンを全く感じてもらえない、ということなのでしょうか?

「この作品は素晴らしいから、気持ちは伝わるんです。ただ、ちょっと心配…」とバイカラ氏は、一計を案じました。「生まれ変わる」のではなく、「もし、人生を、もう一度生まれるところからやり直すことができるなら」にしたのです。「やり直す」ならば、理解してもらえるとのことでした。

その国に培われた歴史と文化は、日本とは違います。こういう細かい様々な部分を、知ることは、他国との交流のために大事です。「しだれ桜」は、世界に共通する普遍的な男女の恋愛が美しい文章で綴《つづ》られています。そのことはストレートに伝わり、外国人も楽しんで味わってくださいます。小説「しだれ桜」や「春はあけぼの」は、日本と他国の文化、感性の共通点や違いを浮き彫りにしてくれる作品と言えるのではないでしょうか。

輪誦で「しだれ桜」の世界へ誘う

本番を迎えました。いよいよ「しだれ桜」の輪誦語りが始まります。

背景は、大黒《おおぐろ》と言って、黒い幕を下ろしています。色のついた照明も使わず、スクリーンの字幕もありません。私たちが身を挺して、声だけで伝えるのです。

「春はあけぼの」までは、うまくいっています。「しだれ桜」はどうでしょう。バイカラ氏に特訓した日本語のセリフは大丈夫でしょうか。

みんなが、静まって聴いています。客席は３００名。物語が進むにつれ、興味深そうに目を輝かせて聴き入っています。客席と舞台が一体化していきます。

そして、特訓した会話のシーンは見事、シリアスな表情で静かに語られました。男女がこれから抱き合う寸前のムードが作り上げられました。そのまま、美しい夜桜の花見のシーンへ移ります。２人で舞台の下手前方にそぞろ歩きしながら語りの輪誦を続けます。心なしか、音節のそれぞれがずんずん美しく響くように聴こえ、背景の黒い幕が夜の空のように感じてきました。上演中に、作中の空間に自分が立っているように感じ始めたら、もう、成功しているといっていいのです。舞台の下手から、センターにそぞろ歩きで戻ると、桜を見上げて、女が、「生まれ変わりたい」という、あの心の言葉になります。

《もし、輪廻転生があるならば、贅沢の極みとそしられようと、この花の精に生まれさせてはもらえまいか。》

（「しだれ桜」瀬戸内寂聴作より）

客席のやや上方を見つめながら、私が語る声に続き、バイカラ氏も私と目線の角度をそろえて客席上方を心奪われるように見て、トルコ語で昌子のセリフを輪誦しました。「しだれ桜」を語り終わった時、客席はまるで浄化されたかのような澄んだ空気に包まれていました。終了の礼をしましたが、客席の皆の目は、幻想的なものを見た後のように、しばらくのあいだ、静かに目を舞台に向けていて、そのあと、たくさんの拍手がいっぺんにきました。

芥川作品の「藪の中」も輪誦

このようにして、他の演目も輪誦していきました。「春はあけぼの」は、バイカラ氏が詩の形態で翻訳した春はあけぼのを上演します。バイカラ氏の素晴らしい声の響きで、春夏秋冬がトルコ語で見事に表現されます。続いてバイカラ氏のリクエストで加えたシェイクスピアの詩「ソネット　61、64」、そして、「藪の中」(芥川龍之介作)。

これは、1人の殺された男をめぐり、6人の証言と、殺された男の霊の言葉で綴《つづ》られている芥川龍之介の名作です。黒沢映画の「羅生門《らしょうもん》」の原作でもあります。芥川には「羅生門」というタイトルの小説もありますが、これは、また別のストーリーで、映画には、門の部分だけが場面設定として使われているのです。

1年前にバイカラ氏と日本の和食店で打ち合わせした時には、「蜘蛛《くも》の糸」をやろうということで一致していたのですが、7月に私がトルコを訪問した際、自分の語りCD「藪の中」をプレゼントに持っていったところ、それが黒沢映画の原作ということで、内容を知っている人も多くていいだろうと、そちらに変更したのです。「蜘蛛の糸」は10分、輪誦でも20分で終わるのですが、「藪の中」は、少しカットしても、輪誦で1時間の上演になります。

全てがセリフなので、感情移入をしっかりと行い、それに伴う体の動きも大きくなりました。動きと言っても、演技の動きではなく、声を出すのに腹筋を使い、時に体がゆれたり、体をゆすったりなどするときの動きです。胎動感のある声、激しくすすり泣く声、高らかに嘲笑《ちょうしょう》する声、また、旅法師の声、盗人の声、殺された男の妻の声、中有をさまよう死人の声、…。声の変化を出しやすい作品でもあります。どんどん語りぶりが大きくなりました。それが私とバイカラ氏と交互にやっていると、原語の違いによる相乗効果で、大きな語りになっていくのです。かなりの熱演になっていました。

全て語り終わった時、バイカラ氏も私も汗びっしょりでした。割れんばかりの拍手が場内に響きました。セルチュク先生が一番大きな拍手をしてくださっていました。

長時間の上演を、字幕なしで伝えられたのです。

この後、カクテルパーティーを開いてくれたので、パーティー会場に行くと、エントランスの外で、セルチュク先生をはじめ、学科の先生方が拍手で出迎えてくれました。そして、セルチュク先生が、その場で私に朗らかなお声を弾ませてこう言ってくださいました。

「『藪の中』であなたの才能がものすごく大きく発揮されましたね！『しだれ桜』も良かったですよ。大成功です」と。

カクテルパーティーの会場の一角にソファーセットがあり、そこで、私はバイカラ氏とテレビ局TRTの取材を受けました。そのインタビューと舞台の模様が、翌週アンカラに着いた日、アンカラでの公演の前日に放送されました。

日本語は外国人にどのように聞こえているのか

平野啓子

音節数が少ない日本語を分かりやすく伝える

私は、この度の訪問で、語り口を日本にいるときよりも大振りにすると伝わりやすいことを確認しました。大振りというのは、身振り手振りというときに使う振りと同様で、声の強弱であれば一番強い声と一番弱い声との差、緩急であれば、音の運びが速いところと遅いところの差、ふり幅が大きいことを言います。なぜ、日本にいるときよりも、強弱・緩急・声の伸び縮み、声の表情など、語り口を大振りにすることが、効果が上がるのでしょうか。これには、相手の日本語の理解度云々以外の理由があります。

日本語は音節数の少ない言語で、「っ」「ん」「ー」も数に入れる拍数でカウントしても１１２（数は金田一春彦「日本語」(上)より）です。カウントのしかたにもよりますがドイツ語の音節数は数千といわれ、トルコ語は手元にデータがありませんが、トルコの翻訳家でボアジチ大学のオウズ・バイカラ氏によると、日本語の音節数は、音節構造の違いにより、トルコの音節数より、はるかに少ないとのことです。少ない音節数の中で、音声の変化をわかりやすくするために、語り口を大振りにするのです。

日本語はどのように海外の人の耳に聴こえているのでしょうか。

ドイツでは、「音楽のように聴こえます」という反応がありました。

トルコでは、「歌のように聴こえます。複数人数で日本人が話していると、同じ歌を繰り返し歌い合っているようです」

これは、日本語の音節構造が、「子音＋母音」の組み合わせになっていて、子音で終わる閉音節は、撥音《はつおん》「っ」と促音《そくおん》「ん」の二つだけであることによります。ドイツ語もトルコ語も閉音節は日本より圧倒的に多く、音節の変化が、構造的に日本語は少ないのです。そのため、母音の響きや、長さ、音から音につなげるときに、意識的に多様な変化を、目立つようにつけることにより、海外の人にわかりやすく伝わるのです。

「春はあけぼの」のように、せっかく春夏秋冬のそれぞれの見所を清少納言が書いていても、音声表現で際立てなければ、春夏秋冬の変化は感じてもらえず、すべての季節が同じように聴こえ、春と同じことを何度も繰り返しているように聴こえてしまうのです。

海外に伝わりにくい比喩《ひゆ》表現

「烏《からす》の濡れ羽色」

古来、日本女性の艶やかな黒髪を形容する言葉。普通の黒よりももっと黒く、光の当たり方により、濃紺や深緑にさえ見えるような深さのある髪。艶もあり、しっとりとし、重力に逆らわず素直に垂れる重みがあり…。ヨーロッパの方から見ればとてもエキゾチックな感じがするでしょう。源氏物語に登場する美しい姫君の髪は、決して栗色ではなく、また、少しの風にふわふわなびくでもなく、まして、茶髪ではない！　烏の濡れ羽色しかイメージできない！　けれど、この「烏の濡れ羽」の比喩、これがいけません。何かとても不吉な、魔女的な感じがしてしまうそうです。

「白魚のような指」

お掃除洗濯を一生懸命して、カサカサになりちょっと関節も目立っているかな、なんていうときに、白魚のような指の持ち主に出会うと、まあ、なんて美しい、しなやかな指！と女の私から見ても、ほれぼれします。男性は、きっと、同じ手をつなぐなら、白魚のような細く頼りなげな、そういう指の人とつなぎたいと思うでしょう。

しかし、もしその指が、ガサガサ、ごつごつしていたら、男性はどう感じるのでしょうか。顔や言葉に出さずとも、手が荒れているな、とちょっとがっかりしそう。え？うんとがっかりする？一方で、美しい指を見た時に、この女、家事が全くできないだろうな、結婚したら苦労するな、と思いそうなものですが、男性がムードに浸っているときは、そんなの関係ありません。女性は嫉妬心《しっとしん》でわざとそれをいうことがあります。こわいぞ。しかし、ほんとうは、やっぱり、ああ、「白魚」のがいい！と女性もあこがれます。

ところが、この比喩も海外では受け入れられないのです。聴いた瞬間、指先がにょろにょろ～、にょろにょろ～、とする映像が頭に浮かんでしまい、気持ち悪いだけなのです。その気持ち悪いイメージを、力づくで振り払うことに少し時間を要するので、次の言葉に追いついていけなくなります。


「ロバのような目」

これは、日本で使う比喩ではありませんが、あるトルコ人の女性が、他国の人から、「あなたはロバのような目をしていますね」と言われたそうです。言われた当人は、どう答えてよいかわかりませんでした。あとでそれが、その国での褒め言葉で、大変美しく優しい目をしているということだと知ったそうです。けれども、トルコでは、ロバが、ちょっと鈍感で機敏さに欠ける、いえ、はっきり言ってしまうと、のろまな、どんくさいイメージがするので、すぐには「ありがとう！」と言えなかったそうです。

その話を教えてくれたトルコ人は、「トルコ人だけがそう思うのでしょうか？日本人がもしそのように言われたらどう感じますか？」と私に聞きました。私は、「ほかの人はわかりませんが私は、やはり、どんくさい、という感じがします」と答えました。私だけかしらと、機会あればその話を日本の知人にしますと、皆一様に、「どんくさい感じで、褒められた気がしない」と言います。

ロバの目は、よく見れば、ぱっちりとしていて邪念がなく、まつ毛がびっしりとあって大変かわいい目をしています。ロバにはかわいそうだけれども、それを良いことのたとえに使う習慣がない国では、違う受け止め方をしてしまうのです。

他にも、様々な比喩表現が世の中にありますが、特に、動物類を比喩に使ったときは、気を付けた方がいいでしょう。

国際交流における「語り」の未来

私は、海外で「語り」を日本の文化として紹介してきました。日本語のままで伝えてきました。感性の部分を注意深く伝えれば、大丈夫、伝わるのです。逆に一見伝わりやすいと思われるジャンルでも、それができていなければ失敗するという実例も話に聞きました。

訪問先で出会った、共演者の皆さんと、今度は、日本で再会し、公演で語りの輪誦をしたいと思います。日本の皆さんに間近に聴いてもらいたいのです。

昨年、私は、国際交流基金の海外派遣助成事業でドイツとトルコを再訪し、ミュンヘン、フランクフルト、ハンブルグ、デュッセルドルフとトルコのチャナッカレで、「竹取物語」「蜘蛛《くも》の糸」「走れメロス」「しだれ桜」「野ばら」などを上演しました。一昨年の経験が生きて、「蜘蛛の糸」の地獄・極楽や「しだれ桜」の輪廻転生の説明に時間を要することはありませんでした。新たに加わった作品は、現地在住の日本人の方による翻訳を使いました。そして、すべての作品が大変好評でした。「走れメロス」は、私の教え子でこの事業に同行した武蔵野大学の学生、奥田粋之介さんが語りましたが、どこでも皆、相手を裏切らない友情に感動しました。チャナッカレ大学では、「古事記」を大学生に日本語で教えたのです。一部、「源氏物語」も入れました。学生たちは皆とても熱心でした。大学生の一人が、「蜘蛛の糸」について、皆が幸せになることを考えないと自分の夢や希望もつぶれるものだ、という感想を言いました。

この訪問では、以前、文化交流使の時に音源だけ使用した笛の奏者、望月美沙輔《もちづきみさほ》さんも同行してくれて、一緒に上演することができました。それで私は、はっきりとわかったのです。音楽だけが先行して伝わるわけではないことを。日本語をそのまま伝えることはとても効果があることを。

相手の国民の感性に目を向け、注意深く言葉を取り扱う「語り」は、国際交流の舞台に堂々と出ていくことができるものであると、私は、心底、確信できたのです。

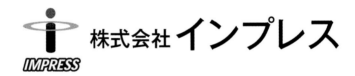

ストーリーテラーのヘルフリッチェさんと（ドイツ・ベルリン）

トルコの詩人バイカラさんと「輪誦語り」（ボアジチ大学講堂）

第四章
輪誦語りで言葉の壁を越える

「輪誦語り」の開発

平野啓子

渡航前の心配

誰もが、平野は海外の上演で失敗して帰ってくるだろう、と心配していました。出国前に、皆が余りに心配するので、私もだんだん不安になってきました。対象は、日本語を理解できない人のほうが圧倒的に多いのです。しかも、文学作品です。私は日本語のまま伝えるのです。もしも、皆が数分で飽きてしまったら…、ブーイングなどが起きたら…。

心配してくださる方の中には、文化人としてご活躍の方々もいらっしゃいました。その方々が、現地に滞在経験のある方を紹介してくださるなどして、貴重な情報やアドバイスを得ることができました。

「日本語が分かるドイツ人が必ずしも語りというジャンルを好むとは言えません。語りに関心があっても、日本語が理解できるドイツ人とは限らないんです。そして、日本語がわかり、かつ、語りに関心がある。という、両方を満たすドイツ人は少ないのです」

「ドイツ人は、感覚だけで聴ける時間は、わずか５分と思っていいです。５分が限度ですよ。意味の分からない内容のものは、ドイツ人には受け入れられないのです」

そういうことを踏まえて作品選びや上演形態を考えないと大変なことになります。非常に貴重なアドバイスでした。

日本語のまま音声表現で伝えるために

日本語がわからない人たちに伝えるにあたって、何か工夫しなければなりません。伝えるためのいくつかの方法があります。▽翻訳を掲載したプログラムを配布。▽冒頭に通訳が、あらすじと見どころ（聴きどころ）を説明。▽逐次通訳▽イヤホンをつかった同時通訳▽翻訳文の字幕、が考えられる主な方法です。実際に、過去にそれで上演しているアーティストがいますし、私自身もそれまでの海外上演で取り入れた方法があります。それぞれに効果はあるのですが、私は、訪問先の国にもきっといるであろう語りのアーティストと共演できないかという思いを密かに持っておりました。

もし、そういう人が見つかって互いの言語で音声表現ができたらという夢を、もう何年も前から描いていたのです。その手立てが見つからないまま年月が経ちましたが、今回は探すチャンスではないかと思い、その思いはだんだん強くなっていきました。

ドイツに語りの同業者がいた！

思いが高じて、私はドイツの各所に連絡を入れました。

「日本文学のドイツ語訳で共演してくれるドイツ人のアーティストを探してください、できれば、語りを専門とする人を」と。

次々に回答が返ってきました。が、「心当たりがありません。（ケルン）」「通訳でもいいですか？（デュッセルドルフ）」「かつてはいたらしいけれど、ドイツではその世界を支える人はほとんどいないようです。（ベルリン）」と、いずれも「ＮＯ」でした。

結局、あきらめて、日本文学の研究者または通訳に上演前のあらすじ紹介と解説をしていただくということで企画を進めることになったのです。この通訳の人選も、単に通訳ができるというのではなく日本文学に造詣が深いか、または「語り」の世界に関心を寄せてくださる人でないとなりません。時間がかかっていました。

ところが、それから1カ月後、ベルリンからメールが入りました。「グリム童話を暗誦する語りの人がいらっしゃいます！」

私は、パソコン画面に目が釘付けになりました。本当なのか？メールを何度も読み返しました。語りの専門家、しかも、私と同じ、文学を暗誦する語りの方が「いらっしゃいます」とはっきり書かれているのです。何年も前から、夢にまで見た、海外における私の同業者―。必ずいる、と信じてきた、文学の語りの専門家のお名前が、画面に…。ベルリンでは、「もう、いない」と私に回答したものの、そのあと、探し続けてくれていたのです。あまりの喜びに、しばし呆然とし、いつか天井を仰いでいました。目を閉じたら、うれし涙がスーッと頬を伝って流れました。

その方が後にベルリン公演で共演してくださったバーバラ・ヘルフリッチェさんです。こうなってくると、ドイツのどの会場でも共演の形で上演したいと思うようになります。けれども、私の同業者であるヘルフリッチェさんは、ベルリン公演しか出演なさらないということでした。

ケルンとデュッセルドルフからは、若い通訳の女性マイト・ピアさんが紹介されました。彼女の活躍は前に紹介した通りです。

ドイツ人の心に届ける翻訳家を探す

どの方法をとるにしても、翻訳が必要です。

上演する日本文学は、なるべく既に翻訳があるものを選んでいました。が、全部ではありません。英語に翻訳されたものは日本国内でもすぐに見つかりますが、現地のドイツ人には英語が理解できない人もいます。私たち日本国内にいる日本人の皆が英語を理解するわけではないことと同じです。

それに、私はこのチャンスに、私の命の作品である「しだれ桜」（瀬戸内寂聴作）を上演したいという強い希望を持ちました。

ドイツ語の翻訳を誰にお願いするか。これは、単にドイツ語という言語を日本語に置き換えられるという程度の人ではできません。物語や文学世界を理解する人でないといけないのです。すると、私の友達が日本女性の翻訳家を知っているというので紹介していただきました。アメリカ・ドイツ合作映画「愛を読む人」の原作本「朗読者」を日本語訳した松永美穂さんです。

「朗読者」は、私の職業柄、本の発売と同時に書店で買い求めていました。原作がドイツ語であることをその時は意識していなかったのですが、今回改めて、ドイツ語だと思ったとたんに、より引き付けられる気がしました。「縁」を感じる瞬間でした。しかも、彼女は、「夜の語り部」というドイツのベストセラー絵本を翻訳されていて、その本を私に送ってくださり、「『語り部』がタイトルに入っている本を翻訳していたことを、（平野と会って）思い出しました。ご縁があると感じます」とお手紙を添えてくださったのです。ただし、「しだれ桜」の翻訳の件は、先方からお断りの返事が来ました。松永さんは、「自分は日本人の心に届くようにドイツ語から翻訳するのが専門です。ドイツ人の心に届けるのにふさわしい翻訳家を現地で探したほうがいいでしょう」。そう書かれたメールとともに、３人の翻訳家をご紹介下さいました。そのうちの一人に「しだれ桜」の翻訳を依頼したのです。ドイツ人女性の翻訳家です。日本語がわかる方なので、日本語の依頼文をそのまま送りました。

　何度かこちらからの質問と彼女からの回答をやり取りした後、先方から「瀬戸内寂聴作品を翻訳できるのを嬉しく思います。お声をかけていただきありがとうございます」と書いてあり、契約が成立しました。

　この後は、翻訳のための著作権について日本文藝家協会を通してルールに従って手続きをし、翻訳を待ちました。

こうして翻訳文を手に入れました。

トルコの詩人バイカラ氏との出会い

この作業をしている間に、私は「しだれ桜」をトルコ語に翻訳する翻訳家を探していました。

後に「しだれ桜」で松井のセリフを担ってくれたトルコの詩人で翻訳家でもあるオウズ・バイカラ氏（トルコのイスタンブールにある国立大学、ボアジチ大学人文学部准教授）を、運よく来日中に、日本文藝家協会を通してご紹介いただきました。早速連絡を取り、お会いすることになりました。

東京駅で待ち合わせをし、八重洲駅前から5分の八重洲ブックセンター中2階のカフェでお話をしました。私の目的をすぐに理解してくれて、源氏物語や平家物語などの古文から、近・現代小説まで、日本文学についての話が弾みました。そして、バイカラ氏は、自分は物語を耳で聴いたり、声に出して読んだりするのが好きだと言いました。

翻訳の話を詰めるのにあたって、バイカラ氏の時間が空けられる夕食時にすることになり、食べ物の好みを聞きました。豚は食べるのか食べないのかという話をしているうちに、氏が「おや？」という顔をして、私の顔をまじまじと見て言いました。「あなたと先週会いませんでしたか？」

やっぱり、と私は思いました。会っているのです。ただし、話はしていません。誰からも紹介されていません。でも、私も、ある場所でこの方とお会いした、と話の最中にずっと感じていたのです。

それは、平成26年（２０１４）５月に早稲田キャンパス小野記念講堂で開かれた、トルコをテーマにした国際シンポジウムでした。

学者がトルコ語で、12人連続、各30分ずつの講演をします。ひと月前に代々木の駐日トルコ共和国大使館でそのチラシを見て知ったのです。注意書きに「※通訳はありません」とありました。チャンスだ、と思いました。意味が分からなくても聞いていられる話し方や声のトーンってどんなのだろう？12人もサンプルがいるのです。行こう！主催者にとってはけしからん客ですね。

そして、12人の講演を連続して聴いて、私は重要なことを発見しました。書かれたものを見て下を向いて話しているのと、顔を上げて話しているのとでは、顔を上げて話す発表者のほうが聴いていて飽きません。さらに、原稿を見ないで客席に目線をやり、手振りをつけて話す人は、目が輝いて見え、声もよく伸び、何か、ひきつけられるものがあります。何かが伝わってくるのです。つまり、「語り」なのです。発表者の個人差もあるのでしょうが、それを差し引いても、私のプロとしての感覚でそう思えました。私は勇気を得たのです。海外で、自分の思うままに「語り」をやってみよう、物語を暗誦し、客席に目線を投じ、自信を持って一人一人に語りかけるように！と。

バイカラ氏とはこの時の会場で、休憩時間に、狭い出入口を互いによけながらすれ違ったのです。すれ違う際、ぶつかりそうになって目が合いました。一瞬ですが、相手をしっかりと見る目でした。

私はその時に着ていた洋服と偶然同じ服を着て会ったのです。

「これも、縁ですね」と私は言った後すぐに「縁という意味が分かりますか」と聞きなおしました。氏は「私たちは、それに近い言葉では、運命といいます」と言いました。それで、「縁！」「運命！」と単語を言い合い、はしゃいで笑ったのです。

この時は、ただ笑いあうだけで気づきませんでしたが、この「縁」と「運命」は、近い言葉でもあると同時に、決定的な違いもあります。それが、後にトルコでの「しだれ桜」の上演で浮き彫りにされます。そして、2国の歴史、文化、宗教による考え方やとらえ方、感性の違いをはっきりと知るのです。

和食の晩餐会で誕生した輪誦

バイカラ氏との夕食には日本文藝家協会の職員の方にも急きょ参加していただき、わたしの事務所のスタッフも同席しました。

「しだれ桜」のストーリーを説明し、翻訳を依頼しました。バイカラ氏は大変乗り気だったのですが、翻訳を引き受けるにあたって、文章を見てみたいというので、文章のコピーを後日渡すことになりました。コピーを第三者に渡すにあたってルールがあるので、そこは日本文藝家協会の職員の方に教えてもらいました。

その席で、バイカラ氏が芥川龍之介の代表作のほとんどをトルコ語に翻訳していることが分かりました。本になって出版もされています。それをバイカラ氏が持ってきていました。短編の「蜘蛛《くも》の糸」も翻訳されています。そして、バイカラ氏は自作の詩や翻訳を舞台で上演することがあるといいます。

この時、何年も抱いている、他国の言語との語り共演の夢が、ふと頭をよぎりました。そして、とっさに言いました。「それ、今、声に出して読んでみていただけませんか?」

バイカラ氏は最初躊躇《ちゅうちょ》しましたが、ちょっと恥ずかしそうに素読をし始めました。文章が進むにつれ、感情がこもり、ムードが出てきます。第1章を読み終えた時、私はバイカラ氏に言いました。「トルコのどこかで上演させていただけませんか?そして、私と一緒に舞台に出ませんか?」

バイカラ氏は一瞬びっくりして、マリンブルーの目をまん丸くして私を見た後で、通訳をしてほしいのか?と聞きました。「そうではありません。一緒に『語り』をするのです!」

きょとんとするバイカラ氏にさらに私は持ちかけました。

「試しに、今、日本語とトルコ語で交互に、『蜘蛛の糸』を数行ずつ読んでみませんか?」

「え?」

「私は『蜘蛛の糸』を暗記しています。ここで暗誦しますから」

「どういう風に?」

「私が数行暗誦して、止めますから、同じ部分をトルコ語で読みあげてください。では、いきますよ」

かなり、強引だったと思います。けれども、氏はやってくれました。数行ずつの日本語、トルコ語、日本語、トルコ語…交代のコツをつかむと、氏は面白がってくれて、にこにこしながら読み上げました。そして、私のドラマチックな語り口をなぞらえて、大泥棒のカンダタやお釈迦様のセリフなどもそれらしくトルコ語で演じてくれたのです。交互に、私が語り、バイカラ氏が読みあげていき、2つの言語の響きが織りなす1つの作品が出来上がっていくのがはっきりと分かりました。全く違和感がありません。面白い…。第1章の極楽のシーンから第2章への転換。いきなり地獄の場面。これも、2つの響きで地獄に落ちていく。そして、再び共に2国の言語で第3章の極楽へ。

同席していたあとの2人は、何かに感じ入ったように、目を大きく見開いてじっと聴いていましたが、この「輪誦」が終わった時、驚いたように感嘆の声を上げました。

「これはひとつの芸術作品ですよ！」

私は、これまで想像の中で、複数言語で交互にやったら面白いのではないかと思っていましたが、この時、私自身もはっきりと、これが芸術になると確信したのです。トルコでの語りの上演は、きっと成功する！

「バイカラさん、お願いです。やりましょう！」

複数言語での輪誦による文学の語りの世界、私がイメージだけで思い描いていた将来芸術として育ち花開かせるものとしての「輪誦語り」の種が、この時、ようやく現実の世界に小さな芽を出したのです。

これが、ボアジチ大学で公演するきっかけとなりました。

そののち私が文化庁に成果として報告を上げた「輪誦語り」は、この和食の晩餐会が、出発点だったのです。

「春はあけぼの」の感性を伝える翻訳とは

平成25年（2013）7月、私はトルコへひとり旅に出かけました。空港にはバイカラ氏が迎えに来てくれていました。

かつてアルバイトでガイドをしていたことがあるというバイカラ氏は車で移動しながら、通り道の見所や、トルコの歴史をわかりやすく説明してくれました。ボスポラス海峡を横断する、開通したばかりの海底トンネルを走る地下鉄にも乗りました。道路には、途中途中に同じ文字が書かれた看板がありました。

「ラマダン、ようこそ」「ラマダン、おめでとう」

ラマダンとは、イスラム教徒が1年のうち1カ月間飲食を絶つことによって、体や頭を浄化し、神の恵みに感謝するヒジュラ暦の月のことです。恵み多い月ラマダンがやってきたことを歓迎するということで、ラマダンを擬人化して期間中、このように掲げられているそうです。一日中断食するわけではなく、日の入りから翌日の夜明けまでは、飲食してもよいことになっています。ちなみにラマダンは毎年同じ時期には来ません。前回のラマダンの始まりより、約11日ずつ遡《さかのぼ》っていきます。例えば前回が1月30日に始まったとしたら、翌年は、1月20日ごろに開始となるのです。期せずしてラマダンの期間に訪問し、その文化を間近に見ることができました。

車で移動中に、トルコ語の挨拶のいくつかを教えていただきました。出発前に日本でカタカナの振り仮名で勉強したのとはだいぶ違いました。

バイカラ氏の研究室で、演目の候補を決めました。「しだれ桜」のほか、「蜘蛛の糸」、古典は「源氏物語」「春はあけぼの」、シェイクスピアの詩「ソネット」等々、話しながら本を引っ張り出しては候補が挙がります。

「春はあけぼの」は、電話で私がリクエストをしていたので、バイカラ氏は既にあらかた訳していました。そして、すべての行のトルコ語の音節数を同数にそろえ、韻《いん》も踏んだ定型詩として作っているという説明をされたのです。なぜそうするかというと、ただ意味が分かるように訳しても、日本の四季を素晴らしいとか、素敵だとは、なかなか思えないからだそうです。トルコ語の文章そのものが美しく響くものであれば、きっと日本人はこれを大変素敵なことと感じているのだろうと想像できる、と言いました。「自分は、素晴らしい詩に仕上げたい」と目を輝かせて言ったのです。

詩として仕上げるために、私にこの場で「春はあけぼの」を語ってくれと言います。その響きをトルコ語に置き換えていきたいと言うのです。それで、私は上演する時のように立ち上がって語りました。

バイカラ氏は夢中で私の声に耳を傾けて、自分の翻訳に目を落としては何か書き込んでいました。

「春はあけぼの」の翻訳についての議論

ひとしきり、翻訳の話に移り、実はそこで1時間にわたる大変な議論をしてしまいました。なんとなく折り合いがついたような、つかないようような。

議論というのはこうです。まず、「春はあけぼの」の翻訳が書かれた用紙を手に持って応接室に戻ったバイカラ氏が、冒頭から読み上げました。美しい響きとリズムで伝わってきます。春夏秋冬を読み終えた後で、バイカラ氏が翻訳の工夫やポイントを話し、間違えがないかを私に聞きました。逐語訳《ちくごやく》になっていない箇所もありましたが、かえってそれの方が意味と風景が伝わる場合は、良しとしました。しかし、1カ所、問題があったのです。秋の部分でした。

秋は夕暮れ。夕日のさして山の端いと近うなりたるに、烏の、寝どころへ行くとて、三つ四つ、二つ三つなど飛び急ぐさへあはれなり。まいて、雁などのつらねたるが、いと小さく見ゆるは、いとをかし。日入り果てて、風のおと、虫の音など、はた言ふべきにあらず。

この中の、「三つ四つ、二つ三つなど」のくだりです。直訳は、烏が巣に帰るのに、3羽4羽、2羽3羽と急いで飛んでいくのも趣がある、ということですが、ここでバイカラ氏が「平野さん、数が3、4と来てから、2、3と小さい数字に戻るのは、とても不自然だから、順番を変えて、2、3、4、にしますが、良いですね」と言いました。この時バイカラ氏は「良いですね」を「ご了承ください」というように言ったのです。私は、びっくりして、あわてて「いいえ、だめです！」と答えました。この部分は、日本人も初めて読んだときには、おや、と思う場面ですが、この数字の置き方が清少納言の感じ方や文章の面白さを表しているのです。日本人にとってもはっとするこの箇所は、私が中学校の国語の授業で習った時にも、わざわざ解説ポイントになっていたところなのです。しかし、これがトルコの人にはすんなりと伝わらないのだとバイカラ氏は言います。

そこで、私は、先ほどの自分の暗誦がよくなかったからバイカラ氏がこのように感じてしまったのだと思い、やり直しました。カラスを3羽、4羽、2羽、3羽と1グループずつ時間をおいて見つけているように、大きな間を空け、私の目線でも、空にそれを見つけたような演技を加えて語りました。夕空にカラスのグループが全部いっぺんに見えているわけではなく、清少納言が空を眺めている時間経過が、短い文章の行間に著されているということを理解してもらいたかったのです。

しかし、バイカラ氏は、見ている最中はそうであっても、それを書く段階では、すべての結果をわかっているのだから、規則的に数字を並べて書くのが自然であると言います。私は、いやカラスがだんだん増えて飛ぶように聴こえて不自然だから駄目だと言い返します。

私は、ほかのたとえでイメージしてもらおう、と川に泳ぐ魚を例にとって話しました。目の前に川があるとします。川面を見ていたら、1匹の魚が川下に泳ぎ去った。しばらくすると、今度は、何十匹もの大群の魚たちが目の前を泳いで行った。またしばらくすると、5匹の群れが川下に過ぎ去った。「ほら、この場合、1匹、大群、5匹、でしょう？」と、我ながらわかりやすい説明をしたと思って言いました。しかし、バイカラ氏は「いいえ、書くときは、1匹、5匹、大群です」と言います。私は、これ以上の説明は思い浮かびませんでした。

私は「日本の文学を紹介するのですから、ここは、日本人の感性の通り、原文に準じてください！」と強く言いました。すると、バイカラ氏は「その感性を、私は理解しています。原文の3、4、2、3でも、私はよく理解できるのです。けれども、大概のトルコ人は、とてもおかしく思ってしまうでしょう。その結果、極端に言うと、清少納言という人は、宮中で大変優れた文学の才能を持つ女性だというが、数字の並べ替えは苦手な人だったのだな、と思ってしまうかもしれないのです」

もし、そのように感じられてしまったら、清少納言に申し訳ない、と私はふと思いました。とうとう私は、バイカラ氏に、作品を損ねずにトルコの人に理解してもらえる方法で翻訳してもらうよう念を押して、お任せすることにしたのです。「くれぐれも、空を眺める時間経過があるというニュアンスを忘れないで訳してほしい」とお願いしたのです。

ラマダンのアンカラで

翌日、在トルコ共和国日本国大使館を訪問するためにアンカラに向かいました。大使には、私が日本とトルコの関係にずっと関心を抱いていたこと、まもなくエルトゥールル号遭難から125年になるのでそれに先駆けてトルコに来たこと、自分が名作・名文・名エピソードを語ることを本業としているので、アンカラで受け入れてもらい公演を開催していただきたいこと、を伝えました。

アンカラで日も暮れてきたので、食事に行こうということになりました。

街中に出てレストランに入ります。ガラス張りのレストランで、ガラス越しに、隣の店の広場が見えました。カフェテーブルがいくつも置いてあります。それぞれのテーブルに、トルコ人が数人ずつ座り、チャイを飲んで、真面目そうな顔で話をしていました。

自分たちのいるレストランでは、好きな料理やお酒を食べたり飲んだりして、和やかに語り合っています。ただし、ラマダンの時期なので、フロアを2つに分けて、お酒を飲まない人たちのスペースも作っていました。ラマダンの時は、食事ができる時間帯となってもお酒を自粛する人がいるからだそうです。そういえば、店に入るときに、お酒を飲みますか、飲まないですか？と店の人が聞きました。

「ラマダンの最中の象徴的な光景です」とバイカラ氏が言いました。このレストランは1フロアしかないので、それを分けていますが、複数階あるレストランでは、階で分けることがあるそうです。また、田舎町では、レストランそのものが1か月間店を閉めている様子が見られると言います。日本とは全く違うこの光景に、食事というもっとも身近な場で出くわしました。

顔も違えば、言葉も違う。歴史、宗教、文化、風習が全く違うのです。その、日常空間の真っただ中に私は身をおいている。私はそこで暮らしてきた人たちに、どう接したらよいのか、どういうことが本当に理解しあえることといえるのか。語りのステージは本当に実現できるのか。できたとしても、それが表面的なものにならないようにするためにはどうしたらよいのか。私の心に、日本で会食をしたときにはなかった不安が頭をもたげ、食事中いつまでも気にかかって離れませんでした。

しかし、日本文化を国境を越えて世界各国に伝えていくことは、ただ演じて伝えればよいのではなく、そうした様々なハードルを慎重にクリアしていくことが大事なのだとあらためて認識しました。

第五章
魂に響く「語り」の世界へ

古代から続く語りの歴史

平野啓子

語りの歴史については諸説ありますが、これから書くことは、ほとんどが、民俗芸能学者の三隅治雄先生のご教示をもとに私が考察したことです。

語りの歴史は古代にさかのぼります。

紙が貴重な存在で高貴な人の手にしか入らず、実はそこに書き付けるべき文字も少なかった古代。大事なことは、人の口から口へと伝えていました。つまり、声で伝えたのです。

各地にさまざまな語り部がいて、地元の歴史や風習、文化等を伝えていました。人々の間にそれが伝わることで、人々は地元をよく知り、地元への愛着も生まれます。最近時々耳にする愛郷精神というものが生まれるのです。それは、その土地の心の文化をはぐくむことになります。

例えば、古代の豪族は、語り部を雇って、家の歴史を伝えさせました。いつからその土地を治め、何代目には戦いで没落しそうになり、何代目には繁栄し、いつ頃災害があり、それをどう乗り越えたかといった史実などを伝えます。その土地における一族の存在と地元への貢献度を人々に知らしめることで、住民の信頼を獲得し、家の力を強化できました。皆が集まったところで語るので、近隣の人々が一堂に会します。互いに顔を合わせることになると、見知らぬ人がいた時に、その人に対して警戒することができ、侵略者だった場合、その被害を未然に防ぐこともできるのです。また、過去の災害が言い伝えられることで、日頃の備えにつながる行動を促すことができ、さらに人々が力を合わせて困難を乗り越えることが重要であると認識できるようになります。

各地の語り部の中には、国の歴史を伝える人もいました。国の歴史を伝えることは、国にとって大変重要です。しかし、それは伝える人によってばらばらで統一されておらず、間違えている話があったり、自分たちの都合の良いように話を変えて語られているものがあったりということで、天武天皇が、一つに決めて統一して伝えさせようとお考えになりました。

その時、白羽の矢が立ったのが、稗田阿礼《ひえだのあれ》という人です。稗田阿礼は、見たことはそらんじ、聴いたことは心にとどめて憶えることのできる、大変記憶力の良い人物です。

稗田阿礼は、国の大事な文献に目を通し、学び、神々が我が国を生んだ「国生み」から推古天皇までの長い歴史物語を、儀式の折などに語っていたといわれます。それまで各地で伝えていた人たちの他に、国のために働く役割としての「語部《かたりべ》」という職業ができました。

民俗学者、国文学者、国語学者であった折口信夫の小説「死者の書」には、そうした語り部たちが登場し、語り部の働きが興味深く描かれています。また、語り部たちが、文字文化の登場により、社会の中で重視されなくなったり、必要と感じる人が少なくなったりした時代が古代においてもあったことを想定して描かれた場面には、思わず現代と重ね合わせてみてしまうところがあり、大変面白いです。

折口信夫の師、柳田国男の「遠野物語」は、語り伝えることが、時代に限らず、人間生活の中で欠かせないものであると思わせます。

語りの表現が、芸能の中で結晶し、他のジャンルの名称で確立し、それぞれの型を持ち、今に伝えられたものがあります。平家物語の琵琶法師の琵琶語り、浪曲、落語、講談、謡、義太夫、浄瑠璃、等々。現在、総じて伝統芸能といわれています。

印刷技術が発達して、珠玉の文章が世の中に多く見られるようになりました。その言葉の数々に魂を吹き込んで相手に届ける現代の「語り」もあります。

私は、「語り」の表現者となり、足かけ30年になります。その間にも、「語り」のジャンルに紆余曲折《うよきょくせつ》はありました。時代に逆行していると言われたこともあったのです。しかし、一度世の中に出現したメディアは、絶対に消えてなくならないものと信じています。活字もそうです。

大事なことを人の口から口へと伝えていた古代の基本のコミュニケーションは、現代においても重要です。

古代に、大事なことを声で、語りで伝えていたのであれば、現代の大事なことは何で伝えるのでしょうか。若者たちの日本語力、語彙《ごい》力が低下しているといわれている今日、名作や美しい文章、しっかりした文章を、いつでもどこでも誰にでも伝えられる「語り」も重要な手段なのではないでしょうか。

平成23年度（２０１１）には、小学校国語科教科書（東京書籍）に、「語り」が初めて単元として取り入れられ、教材文は「風切るつばさ」（木村裕一・文、黒田征太郎・絵）が掲載され、その「てびき」の冒頭に、《情景や人物の心情など、想像したことが表れるように物語などを暗唱することを、「語り」といいます。》と記載されました。

私は、まさにそのような「語り」に取り組んでおり、名作文学などの名文の語りや困難を生き抜いた人々の話などの名エピソードの語りを中心に伝えています。

伝えるたびに、いつも思うのが、古代から続く語りの歴史は、今もなお脈々と続いているということです。

メディアの発達により、同じ空気の中で伝えあうことが徐々に希薄になってきましたが、中でも急激に希薄になったのは、先端技術が発達してからであり、それは1000年を超える古代からの時間のなかで、たかだかここ十数年のことです。そのたった十数年の現象により、これまでの長い歴史あるものを、もういらない、と言ってしまって良いのでしょうか。

対面して語り合うことにより、全身から発せられるサインを互いに感じ取ることができます。そうした中で言葉のやり取りをすることで、信頼関係を築くことができ、言葉がより伝わるのです。記念式典での集合、講演会、打ち合わせ、井戸端会議に至るまで、対面して語り合うことを、私たちは今でも日々の生活の中で、当たり前のように行っているのです。

日本語を縦書きで見ること

平野啓子

文筆家の方々からよく聞きます。

「日本語なのだから、縦書きですよ」

最近はワープロソフトで文章を書く人が多いですね。今、私が書いている原稿もそうです。「たとえ最初は横書きで書いたとしても、必ず縦書きに変換してみて、推敲しないとね」とおっしゃる方もいました。

私は、文筆業を生業にしていないので、それを聞いても、何か漠然と、そうか、としか思いませんでした。

かつて、ＮＨＫの短歌の番組で司会をしていた時、ある歌人が「この間、講座で若い子たちを指導したら、横書きで作っているんですよ。びっくりしましたよ。見ると、みんな、言葉が寝ちゃっていてね。横書きだと、言葉が立ち上がらないで寝ちゃうんですよね」とつぶやかれていました。その時も、ふうん、言葉を作り出すお仕事の人はそういうことを感じ取るのか、と私は他人事のように聞いていたのです。

今回の本の作業で、最初に子母澤さんから頂いた原稿が、縦書きでした。

また、子母澤さんは、私の話を録音し、それを聞きなおして、話の内容のキーワードを抜き出し、羅列したものをくださったのですが、それも縦書きでした。羅列する言葉など、横書きの事務的なものだとばかり思っていた私は、ちょっと驚きました。

キーワードに目を通しているうちに、さらに驚くべきことがありました。まるで、詩のようなのです。もちろん、わたしの話した言葉通りではないから、文章の専門家、しかも、小説家がまとめると、こんな雰囲気になるのかと、やはり漠然と思っていました。

子母澤さんが、このように他人の話を箇条書きで抜き出すのは初めてだと言います。「話し言葉はリズムがありますから、そう感じるんじゃないですか」とおっしゃるものの、やはり私のような凡人とは違う、言葉への感覚の鋭さがあるのだと思います。

今回、子母澤さんに、「いただいた御原稿は縦書きですが、御文章をお作りになるときには、縦書きですか、横書きですか」と質問してみました。

子母澤さんは、すぐに答えてくださいました。「ワープロソフトで、最初から縦書きで書いているのよ」と。続けて「横書きで書いたことがあるのですが、書きすぎちゃうんですよね。いらない言葉まで、つけちゃうのよ」。これにも驚きました。横書きにしたときの結果は、ビジネス文書っぽく、つまり情緒が足りなくなっているそうです。「はるか昔、新人の頃に、先輩から縦書きで書きなさいと言われたこともあったのよ」と子母澤さんはおっしゃいました。

なるほど、文章の世界の方は、「縦書きの力」を、当たり前に認識しているようです。

しかし、ある時、私自身の声の仕事に置き換えてみて気づいたことがあります。

日本語の文章を声に出すときには、自然と、ある声の法則が生まれるのです。それは、音声の高さ（音程）が、文頭の高さから単語ごとにだんだん低くなっていき、読点に達することです。ちょうど、斜面の段々を水が上から下に流れるようなイメージです。

もちろん、文章の途中でやや高い音程に戻って、そこからまた下がっていくこともありますし、強調したい言葉が途中にあれば、その言葉の音程が上がることもあります。

ついでですが、音声表現において、言葉を強調する方法が、主に三つあります。そのうち一つが、ほかの言葉より音程を上げることなのです。そうしたバリエーションや、下からだんだん上がっていくという逆のパターンなどの応用編はありますが、それは、基本の音声表現ができていて初めて効果が上がるものです。

話を元に戻しましょう。横書きの文章だと、声が上から下に向かわず、単語ごとに出発地点の高さに戻ろうとするのです。これが、緩急や情感、風情を欠いた音声表現にしたり、意味さえも伝わりにくくしてしまったりします。語りのお稽古で、横書きの台本を使うことがたまにありますが、それで音声表現のレベルが下がることのないように意識すると、必然的にすこし余計な気を使って読むことになります。後輩には、わざわざそんな気を使わせたくないので、縦書きの台本を使って稽古をするように指導しています。

あるベテランのアナウンサーが「最近の若い後輩には、言葉を、ずっと同じ音程で読む人が多くなって、なかなか直らないんですよね」と嘆くのを聞くようになってもう10年になります。その後、私も意識して放送に耳を傾けてみたところ、読み手がアナウンサーとは限りませんが、出演者のレポートやナレーションなどは、ニュース以上にその傾向で読んでいることが分かりました。これを是正するために、私はかつて頼まれて、声のプロの方々を教えたことがありますが、教室で実演してもらうと、やはりすべての言葉を同じ音程で読んでいきます。本人は、すべての言葉を立てて強調しているつもりなのかもしれませんが、逆にすべての言葉が目立たなくなってしまっています。

横書きに接する分量が多くなり、その読みが定着してしまっているのでしょうか。また、もう一つ考えられるのは、ＢＧＭとともに読むと、ナレーションの音程は一定になりがちです。高低が生じるとＢＧＭの音と混ざってしまうので、ナレーションの声は一定の音程のほうが、視聴者の耳でとらえやすいのです。最近は、ＢＧＭが入っている放送が多いので、それも原因でしょうか。

ついでに、このところ、動詞の直前に接する助詞がぴょこっと上がる読み方も目立つようになっています。例えば、「今日は銀座で映画を見て、レストランに行った」だとすると、「見て」の前の「を」と、「行った」の前の「に」だけが、ぴょこっと上がります。特に、文末の動詞の前（この場合は「に」）はかなり上がる傾向がみられます。６音階くらい上がることも、時には、１オクターブ以上、上がることもしばしばです。「レストラン」の「ン」がドレミのドの高さだとすると、「に」はラまで、時には上の「レ」くらいまで上がるのです。方言の中に語尾が上がるものがありますが、このような助詞の音程差はあまり聞いたことがありませんし、方言の場合は語尾が上がっても、もっと自然な流れで美しいのです。これは、何が原因でしょうか。横書き慣れがそれだとは言い切れないですが、いずれにしても、長く聞いていると聞きにくいので、事態は見過ごせないと思っています。

他人のことばかり言っていられないので、この原稿も縦書きに変換して見直してみました。すると、横書きで推敲した時には気づかなかった不要な言葉や言葉足らずがいくつも見えてきました。人によって発見するものが違うと思いますし、プロとアマチュアではまた気づくレベルがちがうと思いますが、縦書きで見るという作業は、日本語を大事にする方法の一つであると思います。

語りの表現

平野啓子

自分の心を声で伝える

朗読と語りとどう違うのですか？

文芸作品の語りを始めて以来、一番多い質問です。

声で伝えられた言葉から、聴き手が自分の想像力でその内容を描くことにおいては、両者共通です。また、それぞれに良さがあり、表現力が求められます。しかし、「朗読」は、書かれたものを声で紹介する世界で、「語り」は、たとえ誰が書いた文章でも、自分の心の表現としてその言葉を伝える世界です。

この話を、この文章を、この言葉を、今、ここで伝えたいとか、伝えるべき、というときに発する言葉の世界です。基本的には文章は暗記していて、自分の心から取り出して声にします。いつでもどこでも誰にでも、伝えることができるようにするのです。

私は、この小説を語ろうと決めると、まず、暗記することを前提に、最初からなるべく本から目を離して声にしていきます。よく、朗読で何度も読んでいるうちに覚えてしまって、本を持たずに暗誦する方もいらっしゃいますが、その暗誦は、たいてい朗読の間《ま》になっています。

「語り」と「朗読」とでは、同じ文章を扱っても、間、声の距離感、声の大小、強弱、緩急が違います。文学ですと、基本的に作者の文章をそのまま使わせていただきますので、「語り」と「朗読」は同じジャンルのように思われがちですが、実は、似て非なる世界なのです。

では、なぜ、表現に違いが出るのでしょうか。

「語り」は、相手に語り掛けるからです。

日常で、私たちが誰かに語り掛けることを想像してみましょう。

アイコンタクト

たとえば、向かい合って食事をしているときに、自分が出くわしたエピソードを話すとします。

その時、ずっと、相手から視線をそらしたままでしょうか。語る相手とのアイコンタクトが頻繁《ひんぱん》に生まれるはずです。

このアイコンタクトの時間が、実は、ステージの上演でも、「朗読」とは違う間《ま》を生み出すのです。

アイコンタクトがあると、瞬間、声にちょっとした間が生まれます。朗読の時より、間が大きくなるのです。そのため、その直前に発せられた語り手の言葉から、聴き手が想像をめぐらす時間が多くなり、風景や登場人物の心情がより心の中に膨らむのです。その間がたとえ零コンマ何秒の差であっても、朗読と語りでは、聴き手の想像の広がりが違ってきます。

私が新人の頃のある出来事です。

親子に向けたお話し会の時のこと。対象は、幼児から小学校低学年でした。「蜘蛛《くも》の糸」（芥川龍之介作）を語った時です。
2、3行語ったところで、思いもよらない現象が客席に起こりました。子供たちが、話し始めたのです。一番前の男の子は、ポケットに手を突っ込んだと思ったら、そこからチョコレートの箱を取り出して、中を開け、後ろを振り向き、真後ろの座席の子に「ハイ」と渡したりしています。私は、背筋がひやりとしました。

もし、このまま「語り」をそっちのけで、子供たちが大騒ぎを始めたらどうしよう。子供の目を一人ひとり見ながら語り続けました。私の目に、かなりの力がこもったと思います。「お願い、聴いて！」という必死の目です。すると、目の合った子供たちが、次々に、まるで、「気をつけ」をするようにきちんと座り直し、私の目を見て話を聴き始めたのです。そのうち、全員が話に集中して、目を輝かせて最後まで聴いてくれました。

結果として、後方座席で聴いていらした保護者の方々から、うちの子がこんなに真剣に話を聴いたのは初めてです、とか、私もこれからは家でお話を聴かせてあげようと思いました、という喜びの声を聴いてほっとしたのです。主催者もたいへん満足してくれました。

この時のことはずっと、私の心に印象深く残っていました。振り返ってよく考えてみてわかりました。

私が子供たちにお願い目線を送った時に、子供たちと目が合い、期せずしてアイコンタクトの間が生まれたのです。それまで、立て板に水のように、暗記した言葉をただ発していたときには、子供が言葉の意味を想像する時間がありませんでした。内容がわからないので、お菓子の交換のほうが楽しかったのです。けれども、アイコンタクトが続けられるうちに、言葉の意味を理解する時間ができて、内容がわかってきたのです。

そうすれば、芥川の蜘蛛の糸ですから、展開も面白い。次はどうなるんだろう、と興味津々という表情で聴き始めたのです。この時の、子供たちのらんらんと輝く目は、私の方を向いていないながらも、私の姿ではなく、心に浮かんだ情景を見ている目なのでした。

日頃、私たちが会話をするときに、「〇〇でね」というときの「ね」の時に、よくアイコンタクトをします。このたった一音分の間《ま》が大きな役割を果たします。「お釈迦様は（ね）極楽の（ね）蓮池の下を（ね）…」私は、このアイコンタクトの間を《「ね」という間》と名付けました。

声の距離感の調整

アイコンタクトにより、相手と自分との距離に応じた声の大小も自ずと生まれます。マイクを使い、全天井スピーカーの配されている会場であれば、一律の音量でまんべんなく全員に聞こえます。

けれども、声が聞こえているかどうかより、もっと重要なのが、「声の距離感」なのです。

同じ空気の中で、一堂に会している場合、前方部の人は前方部の席に、後方部の人は後方部の席にいるという感覚を、座席にいる本人が自然と感じています。このため私が、すぐ目の前にいる人だけに語るようにしていたら、いくら声がスピーカーを通してちゃんと聴こえていても、後方の人は自分に語りかけられたと思わないのです。

山でハイキングをしたときなどに、少し離れた別の山を歩いている人が見えて声をかける場合は、どのようになるでしょうか。「ヤッホウ」ではなく、「ヤーッホー～」です。こういう距離感の調整は、日常生活の中で、アイコンタクトをしながら、距離に応じて自然に行われているのです。聴き手もその距離感を無意識に感じながら聴いています。しかし、たまに人前に立って、皆の前で何かを話す、という非日常の場面になると、この調整ができなくなってしまいがちなのです。すると、せっかくの話が、今一つ相手の心に届かないことがあるのです。

緩急・強弱

たとえば作品を語るときに、「語り」ならではの間、距離感が生まれますと、言葉の緩急や声の強弱が、朗読に比べて大きく表現されます。それが、作品全体にダイナミックなうねりを生じさせ、場内の空気を全部巻き込んでしまうような、大変ドラマチックな語り作品に仕上がるのです。

それでいて、朗々と読み上げている感じでもありません。文語であっても、まるで話しているように聞こえるのです。

無本

「語り」は、無本、つまり本を持たず、暗誦するのが基本です。けれども、上演経験豊かな「語り」のプロになると、本を持っていても、語りの間で、語りかける手法を使うことがあります。

テレビのテロップに「語り」とか「ナレーション」という語句を見ることがあります。辞書を引くと互いの語句がその説明文に登場しています。例えば、「語り」→ナレーション、のように。いずれも手元に原稿や台本があります。NHK放送文化研究所によりますと、放送上の使い分けのルールはなく、担当者にその判断が任せられているとのことです。戦前のラジオの番組表には「語り手」の語句で出演者が記載され、「ナレーション」の語句が文献で確認できる最初の年は1961年とのことでした。「語り」と単独で使われ始めたのがいつからかは確認ができていません。また、「語り」や「ナレーション」の代わりに

「朗読」と表記することはないそうです。1997年に放送されたNHK大河ドラマ「毛利元就」では、私はドラマ本編の「語り」を担当し、声の表現も「語り」で行いました。

所作・身体の動き

語っている内容、シーンに伴い、手振り、身振りが自然と付くのが語りです。日常会話でも、何かエピソードを相手に伝えるときには、自然と手などの動きが出ていたり、話題の人物の動きをなぞったりしますね。これが、「語り」の上演では、洗練された所作で行われるのです。また、シーンによって舞台に立つ位置を変える手法をとることもあります。語る言葉と所作のタイミングは、原則的には、語る言葉が先行し、所作が少し遅れてついてくるものです。あくまで声で引っ張っていく。これが一人芝居との大きな違いです。作品の中で、部分的に所作を先行し芝居仕立てにすることがありますが、これは例外です。

声の表情

言葉は船のようなものです。例えば、「こんにちは」という挨拶《あいさつ》を相手に声で伝えようとすると、必ずそこには、声の表情が生まれます。その声の表情は、「こんにちは」という文言の船に積み荷となって乗り、相手に届きます。届いた途端、相手は、先に積み荷である声の表情を自分の胸に降ろしてしまうのです。そのあとで、「こんにちは」の文言を認識します。

その順番は、どんな時も変わりません。人間は、心で感じるほうが先のようです。「こんにちは」の挨拶《あいさつ》の場合、さわやかに明るい方がいいのですが、うっかり暗く力ない声で発してしまうと、相手は、挨拶をされたということよりも、「どうしたのかな、元気がないな」と心配するでしょう。怒ったような口調なら「機嫌が悪いのかな」とも思うでしょう。

どんなに正しい言葉を選んでも、声の表情を間違えてしまうと、せっかくの場の雰囲気を台無しにしてしまうこともあります。結婚披露宴で暗く打ち沈んだ語り口で挨拶したり、葬儀の場で、明るく朗らかな声でご遺族に声をかけたりしませんよね。文学を語りで表現するときにも、この声の表情はとても大切です。また、文学の音声表現で声の表情の色々を身に付けておくと、日常のコミュニケーションにも役立ちます。

言《こと》霊《だま》

古来、言葉には言霊が宿るといいます。言葉に魂を吹き込んで、相手の心の奥底に届ける「語り」は、まさに、言葉が、言霊となって伝わっていく世界です。同じ空気の中で一堂に会した人に、語り手がその空間の空気、自然界のささやき、生き物の体温、それらを全部感じ取って、言葉の響きに乗せるのです。全身から絞り出すように、精神を集中して、声を発していく時に、言霊が宿って相手の心の奥底に響いていきます。

子母澤さんが、私の声を聴いて、「『語り』という表現者」というタイトルで、次のようにお書きくださいました。

『語り』という表現者

子母澤　類

平野啓子さんは、声で誘惑する。

もちろんニュースキャスターをされていたので、職業的な技術に裏打ちされたプロの声ではあるのだけれど、語りの時は音色が変わる。最初のひと声から違う。たとえればその声は、静まりかえった森の奥から、ふいに獣が咆哮《ほうこう》するような、命をはぐくむものの息遣いに満ちている。

だから聴き手は、胸騒ぎを覚えてはっとする。暗闇からの声は力強く、ふくよかで、吐息の湿り気までも感じられる。だがその声音には、ぞっとするような怖さをも含んでいるから、耳をそばだてるだけの聴き手はなすすべもない。身を固くしたまま、たちどころにその声に引きずり込まれてしまうのだ。

今から何が始まるのだろう、どんな世界へと連れていってくれるのだろう。たった一声で動揺させ、物語の世界へと巧みにおびきよせる。そうやって知らぬ間に、聴く者の心をさらっていってしまうのである。

まさに誘惑者である。声だけで、やすやすと人をたらし込む。

彼女の声にひそむ、人を酔わせる響きのみなもとは、いったい何なのだろうか。

音響技術のめざましい発達によって、今はどんな声も、たとえかぼそくとも、聞きづらくとも、囁《ささや》きであっても、マイクが拾えばそのまま耳へ届けられる。

しかし、そんな便利なツールのない時代、語り部たちは生の声で、大切なことを伝えてきた。

さらにさかのぼれば、人がまだ言葉を持っていない太古の昔から、仲間とのコミュニケーションを取るためだけではなく、生きるために、今よりもずっと真剣に声を発したことだろう。

大地にしっかりと足をつけて立ち、はらわたから深く発せられるのは、命のみなぎりに支えられた声だ。

その時代の名残りの声を、平野啓子さんは持っている。

だからこそ、彼女の声はどこか懐かしい響きを帯びつつも、聴く者の魂にまで入り込むのである。

あとがき

子母澤類さんとの12年ぶりの再会により、一緒に本を書くことになったのが約1年前。それから、都内にある子母澤さんの書斎に何度も伺い、また、外のレストランで食事をし、内容を話し合ってきました。と、このように書くと、何か、粛々と事を進めたように思われるでしょうが、実際は、毎回、互いにおしゃべりが爆発しているような、楽しい時間でした。単なる爆発ではないのです。実は、子母澤さんの語り口は、極端に言えば、単語ごとに音色、強弱、緩急、高低が変わると言ってもいい、大変に変化のある魅力的な音声表現で、さらに、そんな合間に、まるで温泉がいきなり100メートル高く吹き上げたかのように、笑い声が出ます。特に、かつてのリヨン・ミラノの旅の思い出になりますと、全く忘れていたような出来事が次々に鮮明に蘇り、その時の感情までもが浮き上がってくるので、それはもう、話が弾むわ転がるわで、時間はあっという間でした。同い年だったこともあり、私たちはいつしか、類様、啓子ちゃまと呼び合うようになっていました。この後の文章では類様と書かせていただくことをお許しください。類様が、初めにお書きくださった原稿は、「『語り』という表現者」でした。私の声の響きを、時空を超えた世界の中でとらえてくださったことに驚きました。（その時にいただいたままを、本文の226ページに掲載）。そのあとでいただく原稿もまたそれぞれ大変詳しい観察の下にお書きくださっています。小説家なのだから当たり前とはいえ、類様の美味しい手料理を頂きながら話が弾んでいるときの感じと全く違います。

私は、この時にタイトルを変更しようと考えました。当初は、果てしない二人のおしゃべりで「語り」が浮き彫りにされ綴られていくという意味で、「おしゃべり『語り』紀行」はどうかと仮題で出していたのです。しかし、今、ここに「語り文化を世界へ　声で伝える日本文学の旅」として出版していただきました。そして、これこそが念願の本であると、今、心から嬉しい気持ちがこみ上げております。

この本が、「語り」というジャンルをもっと太い柱にしていく力になれば、そして、あとを続けてくれる人の励みになり未来に続けば、また、もっともっと人の心を豊かにし、国際交流にも貢献できる土壌を醸成できれば、こんなに嬉しいことはありません。

さらに、この本をお読みいただいた方が、「語り」にご興味をもたれ、客席に足をお運びいただけたら、望外の喜びでございます。
この出版にあたり、ご協賛いただきました各社をはじめ、時鐘舎、北國新聞社の皆様に、心より感謝申し上げます。

平成29年6月吉日

平野啓子

平野啓子 プロフィール

語り部・かたりすと
大阪芸術大学放送学科教授
武蔵野大学非常勤講師（伝統文化研究）

「NHKニュースおはよう日本」のキャスターや、大河ドラマ「毛利元就」本編の語り等を務める。一方、古典から現代までの名作・名文を暗誦するプロの語り部・かたりすととして国内外で公演。語りを鎌田弥恵氏に、朗読を故山内雅人氏に師事。文化庁芸術祭大賞等受賞。平成26年度文化庁文化交流使として海外で日本の語り文化を紹介。日本ユネスコ国内委員会広報大使。日本語大賞審査員。日本文藝家協会会員。日本の語り芸術を高める会会長。

子母澤類 プロフィール

作家

石川県加賀市生まれ、金沢市で育つ。東京の建築設計会社の設計アシスタントなどを経て、平成8年 官能小説「古都の風は女の炎を燃やす」を発表。スポーツ新聞、週刊誌などで多くの小説を執筆。連載多数。北國新聞、富山新聞でリレーエッセー「三三五五」を執筆。

故郷金沢を舞台にした著書に、小説「金沢 橋ものがたり」(時鐘舎)、自ら北陸各地に取材し掘り起こした伝説をその歴史とともに綴った「北陸悲恋伝説の地をゆく」(北國新聞社)などがある。日本文藝家協会会員。

語り文化を世界へ
声で伝える日本文学の旅

二〇一七(平成二十九)年七月十八日　第一版第一刷

著者　平野 啓子
　　　子母澤 類

発行　時鐘舎

発売　北國新聞社
〒九二〇―八五八八
石川県金沢市南町二番一号
電　話　〇七六(二六〇)三五八七(出版局直通)
ファクス　〇七六(二六〇)三四二三
メール　syuppan@hokkoku.co.jp

ISBN978-4-8330-2105-0